野いちご文庫

どうか、君の笑顔に もう一度逢えますように。

ゆいっと

STARTS
スターツ出版株式会社

contents

Chapter 1

Chapter 2

Chapter 3

Chapter 4

書き下ろし番外編

characters

Reo Soma

相《そう》馬《ま》怜《れ》央《お》

心菜と同じクラスで、明るく頑張り屋で、ムードメーカー的存在。心菜に告白して付き合うことになるけれど…。

宮《みや》内《うち》心《ここ》菜《な》

高2。大人しいわけではないけど、どこか一歩引いてしまう性格。WEB小説を書くのが趣味で、いつからか自分の書いたことが現実で起こるようになり…。

Kokona Miyauchi

中野《なかの》すみれ

心菜と同じクラス。控えめに見えて好きな人には積極的。何かと怜央と心菜の邪魔をするけど、本当は心優しい。

山本《やまもと》凪咲《なぎさ》

心菜の親友で同じクラス。校内でも有名な美人だけど、サバサバしていてしっかり者。サッカー部に彼氏がいる。

翼《つばさ》

ある日を境に、心菜の前にたびたび現れるようになった中学生くらいの男子。なぜか怜央のことを気にかけている。

「こんなに好きになるなんて思わなかった」
照れたように笑う、その顔も
「危なっかしくて目が離せねえ」
頭の上に乗せてくれる、優しい手も
「俺、もう余裕ねえ……」
少し強引で、温かい唇も
……今は、もう——

私はいつだって自分のことばかりで
大切なことには、何ひとつ気づいていなかったんだ——

だから私、君に約束するよ
何があっても、絶対に逃げないって

——どうか、君の笑顔にもう一度逢《あ》えますように

Chapter 1

妄想と現実の間《はざま》

「はぁっ……はぁっ……っ」

私は今、学校に向かって全力疾走していた。

今日は高校二年生の始業式。

なのに、あろうことか寝坊してしまったのだ。

なんとか頑張れば、チャイムまでに間に合うかもしれない。

そう思い、最寄りの駅から休むことなく走り続けていたとき――。

キィイイイーーーーーーッ‼

曲がり角から突然自転車が現れて。

「……っ、きゃっ」

「うわあああっ……！」

――ガシャンッ……！

私は勢いを止めることができず、自転車とぶつかってしまった。

ああっ……。

肘《ひじ》が思いっきり自転車のかごにぶつかり、痺《しび》れるような痛さが襲う。

「ごめんっ、大丈夫⁉」

痛さでうずくまった私にかかる声。

肘をさすりながら見上げれば。

なんとかギリギリ斜めになったままの自転車にまたがり、不安そうに見つめる男の子がいた。

瞬間、胸がドクンッ……と大きな音を立てる。

だって、その男の子がものすごくカッコよかったから。

少し茶色く染めた髪は、無造作にセットされていて。

目元は涼しげで、鼻はスッと高く、中性的できれいな顔立ち。

パーツのどれもが整っていて、彼のまわりに眩《まぶ》しいオーラが見えるほど。

制服を見て、同じ学校の生徒だと気づく。

見た感じ、年上。

こんなカッコいい人、同じ学校の先輩にいたの？

肘が痛いのも忘れて、ドキドキしてしまう。

「あっ、血が出てるじゃん！」

彼は焦ったような声を出すと、自転車から降りて私の膝《ひざ》に手を当てた。

「保健室に行って手当てしよう」

「だ、大丈夫ですっ」

このくらい大したことないし。

なのに彼は私の言うことなんて聞かず、一緒に学校まで行き、保健室に連れていってくれた。

保健室には先生が不在で、彼が備品をあさり、傷の手当てをしてくれた。

「……ありがとうございます」

こんなイケメンとふたりっきり……。

ふふふっ。

新学期からいいことあるなぁ。

彼は罪悪感を感じているみたいだけど、私はちょっとラッキーだったりして。

でも……。

「すみません。始業式、もう始まっちゃいましたね……」

校内はガランとしている。

それは、みんな体育館へ移動しているから。

「気にしないでいいよ。どうせ間に合わなかったんだし」

整った顔で微笑《ほほえ》まれて、心臓がドクンとまた飛び跳ねる。

なんて優しい人なんだろう……。

「そうだ、クラス発表まだ見てないよね？」

「……はい」

「じゃあ、一緒に見に行こうか」

そう言われ、再び昇降口に戻った。

そこにはクラス分けの紙が掲示されていて……二年三組に自分の名前があるのを確認した。

「君、何組だった？」

「えっ？」

何組って。

「さ……三組ですけど……」

「ほんとに？　俺も三組」

俺も……って？

「二年でしょ？　俺も二年だから」

「そ、そうなんですかっ……!?」

びっくりした。

大人びているから、てっきり先輩だと思っていたのに。

同じクラスなんて……もしかして、もしかして、これって。

どうしよう。

私、運命の出会いしちゃったかも……！

ドキドキが収まらない私に、彼はニコッと微笑んだ。

「そういえばまだ、名前言ってなかったよね、俺の名前は——」


「宮内《みやうち》ーーー」

耳元で、野太い声が響いた。

え……？

彼、こんな声だっけ……？

一瞬頭が混乱した次の瞬間、私の手からスマホがサッと取り上げられた。

……一気に頭が現実に戻る。

ま、まずい。

まずすぎる、これは……。

おそるおそる見上げると、しかめっ面をした担任の先生。

サーッと顔面から血の気が引いた。

そう、今はＬＨＲ《ロングホームルーム》の真っただ中。

「俺がありがたい話をしているときにスマホをいじるとは、とんだ度胸だな」

私、宮内心菜《ここな》は、高校一年生。

今日は終了式で、担任の先生が一年間の思い出話を延々と語っていたんだけど……。

あまりにも長くて退屈だから、スマホで小説を書いていたんだ。

たしかに悪いのは私だけど。

堂々と寝ている人もいるのに……なんで、私だけ怒られるの……。

「なになに？『どうしよう。私、運命の出会いしちゃった――』」

「わわっ‼ せ、先生ごめんなさいっ……！」

こともあろうか、スマホの文章を読み出したものだから、私は慌てて立ち上がり、先生の手からスマホを奪い返した。

ここで朗読する⁉

しかもよりによってそのシーンを……。

「何あれー」

「運命の出会いって、ぷっ」

おかげで、クラスのあちこちからは失笑にも近い声。

私の妄想をクラスメイトにさらされるなんて、生きた心地がしない。

恥ずかしくて、今度は全身から火が噴き出たかのように熱くなってくる。

穴があったら入りたい……。

私の趣味。

それは、ＷＥＢ小説を書くこと。

小説投稿サイト【木いちご】に出会ったのは今から一年前。

スマホをいじっていたら、偶然見つけたんだ。誰でもスマホで気軽に恋愛小説を書いてアップできるサイトがあるのを。

小学生のころから、毎週図書館通いをするほど本が好きで。

中学生になってからも、お小遣いとはべつにお母さんが毎月五〇〇円をくれて本を買っていた。

本はたくさん読むといいから、って。

それほど本に親しんでいたせいか、文章を書くのは苦じゃなくて。

いつしか、自分でも小説を書いてみたいなぁって思うようになって、原稿用紙に書いていたんだけど。

そのサイトを見つけてから、リアルな友達には内緒で、ひっそりＷＥＢ小説を書いている。

今は、新作を書き始めたところ。

だけど、学校で書くのはまずかったみたい。

入り込むと、一瞬妄想と現実世界の境目がわからなくなるほど夢中になってしまうのが玉《たま》に瑕《きず》。

「春だからって、頭沸かせてるんじゃないぞ」

そんな先生の辛辣《しんらつ》な言葉に、クラスはどっと笑いに包まれた。


「心菜、さっきのあれ、何？」

ＬＨＲ終了後。

そう突っ込んできたのは、親友の山本凪咲《やまもとなぎさ》ちゃん。

サラサラの長い黒髪を揺らしながら、私の席までやってくる。

凪咲ちゃんは背も高く目鼻立ちもはっきりしていて、その存在感は半端ない。

そこにいるだけで、空気が変わるっていうか。

将来は、ミスなんちゃら……とかに絶対なるよ。

今からサインもらっておこうかな。

容姿はもちろん、性格だって最高にいいんだ。

ハキハキしてリーダーシップも取れるから、まわりからの信頼も厚い。

私もそんなふうにキラキラな女の子になれたら……なんて思うけど、まず無理。

とりわけ目立った特徴も特技もなく、いつも凪咲ちゃんの陰に隠れている。

でも、それでいい。

自分に自信もないし、私はそうしているほうが楽なんだ。

「な、なんでもないよっ」

小説を書いていることは、凪咲ちゃんにももちろん秘密。

隠し事はよくないと思っても、どうしてもそれだけは言えない。

いつだったか、年の近いイトコに小説を読んでもらったら「夢見る夢子ちゃんだね」なんて言われてしまい。

やっぱり私の趣味は公言できないと悟ったのだ。

「運命の出会いって何よ。彼氏ができたとか聞いてないんですけどー？」

……彼氏って。

凪咲ちゃんまで、そこ突っ込まないでよ……。

そういう凪咲ちゃんは、隣のクラスに彼氏がいる。

サッカー部のイケメン、久留生大和《くりゅうやまと》くん。

一学期に告白されて付き合い始めて、そのあともずっと仲良しでうらやましい限り。

「ち、違うし。そういうんじゃないもんっ……」

「怪しいな～」

ああ。この状況、どう説明したらいい？

クラスの子たちの視線もチラチラと私に向けられている。

私はクラスの中で目立っているわけでもなく、ごく普通の女の子。

かわいいと噂《うわさ》されている子や、派手な子は彼氏がいたりするみたいだけど、私に浮いた話なんてない。

そんな私が、〝運命の出会い〟なんてスマホに書き込んでいたせいで、余計みんなの興味をそそってしまったみたい。

「ほんとに違うんだってば‼」

あまりにも私が力説するものだから、凪咲ちゃんは信じてくれたみたいだけど。

「そっか……やっぱり寂しいの？」

今度はしんみりした顔で、私の肩に手を乗せた。

えっ……。

「ごめんね。私がいつも大和との話とかしてるの、ほんとは聞いてても面白くないよね」

「そ、そんなことないよっ‼」

とんでもない。

むしろ、カップルのリアル会話を参考に小説を書かせてもらったりしているんだ。

……だから、なおさら凪咲ちゃんには絶対に言えない。

「そう？」

「うん、すっごく参考になる！」

「参考……？」

怪訝《けげん》な顔をする凪咲ちゃん。

「あっ……そ、そうだよ。いつか私に彼氏ができたときのために、しっかり心のメモ帳に書き込んでるの！」

「あ〜、そういうことか」

ほっ。

怪しまれないでよかった。

凪咲ちゃんはさっぱりしていて、根に持ったり、根掘り葉掘り聞いたりしないのもすごくいいところなんだ。

「でも、ほんとにその気があるなら、いくらでも紹介するからね？」

凪咲ちゃんは、いつもそう言ってくれる。

私と違って人脈も広いし、大和くんを通じて男の子の友達も多い。

でもね。

やっぱり好きな人とは、自然に出会いたいんだ。

小説にも書いたように、運命の出会いを待ってるのもウソじゃない。

そう思う私は、やっぱり夢見る夢子ちゃんなのかな。

「じゃ、帰ろっか」

「うん」

クラスメイトたちの、あの子大丈夫？みたいな視線はまだ痛いけど……。

今日でこのクラスも解散ということが、せめてもの救いだった。

この出会いは運命!?

春休みが終わって。

今日は始業式。

新しい年度の始まりは、なんとなくワクワクする。

それはもちろん、新たな出会いがいろいろあるから。

友達や担任の先生。それに……。

彼氏いない歴＝年齢……な私は、ひそかに期待していた。

素敵《すてき》な人に、出会えないかなって。

凪咲ちゃんと大和くんカップルの甘い話を聞くのもいいけど、やっぱり私も彼氏がほしい。

その前に、出会いがないことにはどうにもならないんだよね……。

制服は、ばっちりアイロンをかけて壁に吊《つ》るして。

スクールバッグのマスコットも新しくして。

髪の毛だって念入りにトリートメントして、準備万端でベッドに入ったのに。

「はあっ、はあっ……」

……私は今、髪を振り乱しながらダッシュで学校までの道のりを駆け抜けている。

なんでかっていうと。

寝坊しちゃったから。

楽しみすぎて体が興奮したのか、全然眠れなかったのだ。

心を落ちつけてみたり、羊を数えてみたり、子守唄《こもりうた》を歌ってみたり……。

やれることはいろいろやってみたのに。

結局、寝返りをゴロゴロ打って……気づけば窓の外は明るくなっていた。

結果……朝方に深い眠りに入ってしまったみたいで。

『ええっ、もうこんな時間⁉』

目覚まし時計は無意識に止めていて、やっと起こしに来てくれたお母さんの声で目覚めてびっくり。

家を出る予定時刻の三十分も過ぎていた。

『やっぱり今日始業式だった？　わかってたらもっと早く起こしたのに』

なんてお母さんは天然を発動するし。

顔を洗って制服を着て……ものの五分で家を飛び出したんだ。

電車を降りてからノンストップで走り続けていると、やっと校門が見えてきた。

正面に見える時計は八時半を示している。

クラス発表でにぎわっているはずの昇降口にも、人っ子ひとり見当たらない。

うわぁぁぁ……完璧《かんぺき》に遅刻だ！

始業式から遅刻なんて、幸先《さいさき》悪すぎるよ。

ここまで必死で走ってきたけど、一気に気持ちが切れて足が止まってしまった。

走った意味、なかったよね……。

でも、最後の力を振り絞って、もう一度駆け出したとき。

キィィィーーーーー!!

「きゃっ……！」

角から自転車がものすごいスピードで飛び出してきたのだ。

──危ないっ……！

私が止まったのと相手がよけたタイミングがよかったのか、ぶつかるのは避けられたけど。

びっくりして、私はその場に尻《しり》もちをついてしまった。

「いたたたた……」

自転車の人は、私の少し先で倒れそうになりながらも、なんとか体を起こして体勢を整えていた。

うまくよけてもらって助かった。
まともに衝突してたら、大惨事だったよ。
尻もちをついたはずみで一緒に手もついてしまい、手のひらがジンジンしている。
それでも、手のひらをすりむいただけでよかったなぁ、と思いながら立ち上がると、
「ごめんっ、大丈夫⁉」
自転車から降りてきた人が、私に駆け寄ってくる。
同じ制服を着た、男の子。
――ドクンッ。
その人の顔を見た瞬間、心臓が高鳴った。
手の痛みなんて一気に吹っ飛んで、私の目は彼にくぎづけになる。
だって……その顔が、あまりにも整いすぎてたから。
目も鼻も口も。
今人気の若手俳優さんたちと並んだって、負けないと思うほどに。
ざっくりいって、イケメンすぎる。
髪の毛はミルクティー色で、サラサラの重めの前髪が今っぽい。
なおかつ、爽《さわ》やかで柔らかい雰囲気が漂っている。
「あの……俺の顔に何かついてる？」

「へっ……」

　あまりに見すぎていたせいで、不審がられてしまったけど。

「い、いえっ……」

　ついてるどころか、思わず吸い込まれそうになる透明感のある肌は、私よりもきれいかもしれない。

「あ、血が出てる！」

「えっ？」

　彼が落とした視線の先に目をやると、私がすりむいた手のひらからは、砂と一緒に血が滲《にじ》んで見えた。

「マジでごめん。痛いよね」

「いいえっ……」

　申し訳なさそうに顔を歪ませる彼に、私は首を振った。

　彼だけが悪いわけじゃない。

　左右をよく確認しないで突っ走っていた私にも非があるんだから。

「水で洗って消毒したほうがいいから、保健室で手当てしよう」

「だっ、大丈夫です！」

「ダメだよ。俺もサッカーやっててしょっちゅう膝とかすりむくけど、ちゃんと手当てするのとしないのじゃ、治りが違うんだよね」

「でも……」

「女の子なんだし、ちゃんと跡を残さないように治さないと、ね」

「……っ」

ね、と同時に向けられたその顔面の破壊力といったら。

きれいすぎる顔で見つめられて、心臓が止まりそうになってしまった。

それに、〝女の子〟って。

女の子には間違いないけど、不意打ちな女の子扱いに戸惑いが隠せないよ。

女の子扱いなんてされたことないから。

これだけのイケメンだし、さぞかし女の子の扱いに慣れているんだろうな。

そうは思っても、今は自分だけに向けられた言葉。

嫌でもドキドキしてしまう。

「学校まで送っていくから、乗って？」

彼は自転車にまたがると、荷台を指した。

私が自転車に？　後ろに乗るの？

「そ、それはいいですっ！」

もう学校は見えてる距離。歩いてもすぐにつく。

「遠慮しないでいいから」

キョトンとする私に、彼は私が自転車に乗りやすいように、少し斜めに傾けたまま待ってくれている。

さすがにそんなことまでしてもらわなくても大丈夫なんだけどな。

そう思いながら突っ立っていると、せかされる。

「ほら、早く」

……これって、逆に断ったら失礼なのかもしれない。

迷ったけれど。彼の善意を無駄にするのも悪くて。

「……じゃあ……失礼します」

ドキドキしながら、荷台にお尻を乗せた。

「ブレザーにしがみついといて」

……それはさすがに無理です。

男の子に密着するなんてとんでもないもん。

「そ、それはいいです。そんなことできないですっ」

大げさに手を振ると、彼は言いにくそうに言った。

「あー……。てか、そうしてもらわないと落っこちちゃうからさ」

逆に困る、とでもいうように。

……あ、なるほど。

私には掴《つか》まるところがないもんね。

私が書いている小説でも、胸キュン青春シチュエーションでもよく使う自転車のふたり乗り。

物語のヒロインには何度もさせているのに、実際やるとなったら緊張半端ないことを知った。

もたもたしていると、「ごめんね」そう言って、彼のほうから私の手を取り腰に回させた。

わわっ……！

一気に密着する体に、思わず息を止めてしまう。

「じゃあ行くよ」

涼しい声を合図に、ゆっくりと漕《こ》がれるペダル。

ああ……どうしよう。

男の子に密着するのなんて、生まれて初めてだし……。

どういうふうに息をするんだっけ？なんて、バカみたいなことまで考える。

私はもうプチパニック。

そんな私の気持ちを知ってか知らずか、頬《ほお》を切る風は穏やかで。

見慣れた景色が、風とともにゆるやかに去っていく。

手の痛みなんてどこかへ吹っ飛び、私はひたすらドキドキしていた。


学校へつくと、すでに体育館では始業式が行われているようだった。

そのせいで校舎内はとても静か。

初日から大遅刻だよ。やっちゃったなあ。

彼に誘導されるまま保健室に入ると、そこもガランとしていた。

「あれ？　誰もいないのか？」

「保健の先生も始業式に出てるんだと思います……」

「それもそっか」

歯を見せてニコッと見せたその笑顔に、またドクンと胸が跳ねた。

彼と同じクラスの女の子は、同じ空間でまともに授業を受けられるのかな。

私なら無理かもしれない。

それくらい美形な彼は、手際よく備品をあさると消毒液やガーゼなどを持ってきた。

「傷口見せて」

「……はい」

……と。

この場面に既視感《きしかん》を覚えた……。

どこだっけ？

世の中にはデジャブという言葉があるけど、男の子に傷の手当てをしてもらった覚えはないしなぁ。えっと……。

「ああっ‼」

「うわあっ」

私が大きな声を出したからか、彼が思いっきりビクッと肩を揺らした。

今、慎重に傷口を消毒してくれているところだったんだよね。

「ご、ごめんなさいっ……」

大声にびっくりしたせいで、患部からはみ出たところに消毒液が流れてしまっていた。

それを慌てて拭《ふ》いてくれる彼。

「いや、大丈夫だけど、どうしたの？」

「あ、ちょっと……」

まってまって。

これって……。

私が小説で書いたシーンに似てるんだ。

似てる、というよりも、そのまま……。

始業式にヒロインが遅刻して走って学校へ向かっていたら、自転車に乗ったイケメンヒーローとぶつかって（今回はぶつかってはいないけど）、一緒に保健室に行って傷の手当てをしてくれた……。

思わず背中がゾクッとした。

でも。

ファンタジー小説を書いているわけじゃないし、ありえないことじゃないよね。等身大の、現実でも起こりそうな学園ストーリーを書いているんだから。

だけどだけど。

……こんな一致ってある……？

バクンッバクンッ……。

大きく音を立てて鳴り続ける鼓動は、彼にも聞こえてしまうんじゃないかってほど。

「できたよ」

いつの間にか手当ては終わり、患部はきれいにガーゼで覆われていた。

「ありがとうございましたっ……」

「どういたしまして」

小説の中では、このあとクラス発表を見に行って……。

三年だと思っていた彼が、同級生で。

「あの……」

「ん？」

「私は二年生なんですけど、あなたは……何年生……ですか？」

……まさか。

「俺も二年だよ」

……!!

「まだクラス発表見に行ってないよね。一緒に見に行こうよ」

ドクンドクンドクン……。

落ちついて、落ちついて……。

この流れは当然といえば当然。

今日学校について一番最初にやることは、まずクラスの確認なんだから。

「……うん」

敬語が取れたのは、彼が同級生だとわかったからなのか、パニックなのかわからないけど、手当てが終わると、私は彼のあとに続いて昇降口に向かった。

「あー、俺三組だ」

掲示された紙を見ながら呟《つぶや》く彼の横で、私はもう冷汗が止まらない。

……私も三組だったから。

小説と一緒で、彼と同じクラス。

「何組だった？」

「……えっと、三組……」

「マジで？　一緒じゃん！　なんかうれしいな」

そう言って、またドキッとするような笑顔を見せるけど。

私はそれよりも怖いほうが勝っていた。

「あ、そういえば自己紹介まだだったよな」

――っ。

「俺は相馬怜央《そうまれお》。これもなんかの縁だし、よろしく」

小説では途中で止まったままだったけれど、現実では、彼はちゃんと名乗った。

もしかしたらこれは夢で、名乗る寸前で目が覚めるんじゃないかな、なんてバカみたいなことを思ったけど。

「私は……宮内心菜です……こちらこそよろしく……」

「じゃあ、心菜って呼ばせてもらうから。俺のことは怜央でいいよ」

彼との出会いは、偶然だったのか、必然だったのか。

このときの私には、まだ何もわからなかった。

新しい教室についたときは、始業式が終わったばかりだったようで廊下にもまだ人が溢《あふ》れていた。

今までとフロアも違うし、進級したんだな……って身が引きしまる。

「心菜ちゃーん、新学期早々遅刻なんてやってくれるじゃーん」

教室に入った私の耳に届いたのは、冷やかしまじりの凪咲ちゃんの声。

慣れ親しんだその声は、あまりに自然で違和感なんてないけど。

クラス替えをしたのに、凪咲ちゃんがここにいるってことは……。

「えっ、凪咲ちゃんもこのクラスなの？」

「やだー、クラス分けの張り紙、確認しなかったの？　私すぐに確認したし、心菜にメッセージも送ったのに」

慌ててポケットからスマホを取り出すと、言ったとおりのメッセージが届いていた。

あのときは、それどころじゃなくて誰が一緒のクラスなのか確認できていなかったんだ。

「ごめんっ……見てなかった。だけどめちゃくちゃうれしいっ」

凪咲ちゃんとまた一年間同じなんてうれしすぎる！

思わず飛びつくと、

「まったくもー……。私も心菜と一緒でうれしいよ。で、どうして遅刻したの？」

凪咲ちゃんはニコッと笑い、遅刻の理由を尋ねてきた。

「えと、ね……。じつは今朝、自転車とぶつかりそうになって転んだときにケガしちゃって」

「え？　自転車と？　大丈夫なの？」

凪咲ちゃんはびっくりしたような顔で、私の体をペタペタと触る。

「大丈夫だよ」

「相手の人の名前と連絡先聞いた？　逃げられたりしてない？」

「う、うんっ」

なんか、相手の人が悪いみたいになってるけど。

連絡先も何も、同じ学校の生徒でしかも同じクラスになった男の子でした、ってオチだし。

「ほんとに？　あとで何かあるかもだから、そういうときはしっかり相手捕まえるんだよ！　私の心菜に何してくれてんのーって文句言うし！」

こういうしっかりしたところ、凪咲ちゃんっぽい。

みんなに大人気の凪咲ちゃんにそんなふうに言ってもらえる私は幸せものだな。

あのとき、怜央くんはちゃんと止まってくれたけど、そのまま行ってしまう可能性もあったんだよね。ぶつかってないんだし。

そうだとしても、私はべつに追いかけたりはしないと思う。

凪咲ちゃんは、それをちゃんと見抜いてる。

「凪咲」

そこへ、目の前の彼女を呼ぶ男の子の声が聞こえてきて。

振り返ると、そこにいたのはすらっと背が高くて、髪を茶色に染めた長身のイケメン……凪咲ちゃんの彼氏。

「えっ、もしかして大和くんも同じクラスなのっ?」

「えへへっ、そうみたい」

いつになく、ほんのり頬を染める凪咲ちゃんはすごくうれしそう。

「心菜ちゃんだよね。いつも凪咲から話聞いてるよ」

耳にピアスを三つ開けて、女の子が夢中になってしまうような甘いマスクでへらっと笑う彼は、サッカーに真剣に取り組んでいて、凪咲ちゃんのことも大切にしてくれている。

見た目、チャラいイメージがあるけど、それはあくまでもイメージ。

八クラスもあるのに彼氏と同じクラスになるなんて、すごいな。

それほどふたりに特別な縁があるってことかな。

「よ、よろしくですっ」

凪咲ちゃんの彼氏といえども、ほとんど喋《しゃべ》ったことなんてないから緊張する。

「こちらこそよろしく。凪咲がいつもお世話になってます」

大和くんはぺこりと頭を下げたあと、「おーい！」とそばで喋っていた男の子のブレザーを引っ張った。

「ん？」

「こいつ、俺の一番のダチ。ついでによろしくしてやってよ」

「ついでってなんだよー」

そう言って紹介された隣の彼に視線を移せば。

ドクンッ……。

心臓が大きく音を立てた。

ふてくされた顔で大和くんの頭をつついていたのは、怜央くんだったから。

怜央くん……大和くんの友達だったんだ……。

類は友を呼ぶってほんとだ。

イケメンすぎるふたりが並んでるなんて、学園ドラマの一コマを見ているよう。

「凪咲ちゃんよろしくな」

「うん、よろしくー」

大和くんの友達なら当然のように知り合いだったみたいで、凪咲ちゃんと怜央くんは軽く挨拶《あいさつ》をかわす。

次に、怜央くんの視線が私に移る。

――ドキドキ、ドキドキ……。

「ちなみに、俺と心菜はすでに知り合いだもんな？」

と、向けられたのは満面の笑み。

「えっ？　あ、ああ……うんっ……」

びっくりした。

それに、さらっと〝心菜〟と呼ばれたことにも。

「は？　なんだよそれ」

驚く大和くんに、同じ表情の凪咲ちゃん。

「そうなの？」

それは、いつ？　どこで？と言っているようなふたりに答えたのは怜央くん。

「今朝さ、俺の自転車とぶつかりそうになったんだよ」

「マジで？」

「それでバタバタしちゃってさ」

「だからお前、始業式にいなかったのか。初《しょ》っ端《ぱな》からどこでサボってんのかと思ったわ」

「サボってるって人聞きわりーな！　心菜がケガしてたから保健室に一緒に行ってたんだよ」

「マジかよ！　心菜ちゃん、襲われなかった？」

「へっ……⁉」

何を言い出すの大和くん……！

襲うって……本人を目の前にして……私どういうリアクションしたらいいの⁉

「ばーか。俺の何を見てたらそーゆー発想になるワケ？」

困っていた私に怜央くんから笑いまじりの声が投下された。

ふぅ。助かった。

「だって保健室でヤルことってひとつだろ？」

けれどそう言ってニヤニヤする大和くんに、私の顔は再び引きつった。

「ひとつだよな。そうだよ、俺の素晴らしい腕の見せどころだったわ」

「おー、すごい技持ってそうだしな」

「それはどうも。おかげで滞りなく終了しました」

怜央くんは、当然ケガの手当てのことを言っているんだろうけど……。

噛《か》み合ってるんだか噛み合ってないんだか……どこから突っ込んでいいのか微妙な会話。

でもこれは日常茶飯事なのか、ふたりともケラケラ笑いながら話を続けている。

「ちょっとあんたたち、心菜が困ってるでしょ！」

凪咲ちゃんが突っ込まなかったら、どこまでこの会話が続いていたことやら……。

「つまり、心菜のケガの手当ては怜央くんがやってあげたってことね」

「そ、そうなのっ！」

まさか変な誤解を大和くんがしてるわけじゃないだろうけど、私は力強く同調した。

「怜央くんてずいぶん器用なんだね。すごくきれいに手当てできてるじゃん」

「だろ？　だてにサッカー部の救護係って呼ばれてねーし」

凪咲ちゃんに褒められて怜央くんはうれしそう。

「フンッ。このくらい俺だって」

それを聞いていた大和くんは、ちょっと面白くなさそうに唇をとがらせた。

あ、ヤキモチだ……。

微笑ましくて、ふふふと笑う。

「あー出た。男のヤキモチは見苦しいぞ！」

「なっ、うるせーし！」

ははっと笑う怜央くんの言葉にかみつく大和くん。

でも、お互いに仲がいいからこそだろうとうかがえる言動に、自然と頬が上がる。

なんかこういうのいいなぁ。和気あいあいって感じで。

みんな明るくていい人だし、これからの一年すごく楽しくなりそう。

なんとなく視線を感じてまわりを見れば、思ったとおり注目を浴びていた。

なんでだろう……そう思った私の謎《なぞ》はすぐに解けた。

「大和くんと怜央くんと同じクラスなんて、めちゃめちゃラッキーじゃん」

「いいなぁ。私も怜央くんと喋りたい」

なんてヒソヒソ話している声が聞こえてきたから。

そっか、みんな大和くんと怜央くんを見てるんだ。

そう思ったら、なんだか変にドキドキしてきた。

凪咲ちゃんはいいとして、私がふたりとお喋りできてるなんて……いいのかなって。

それにしても怜央くんて、そんなに人気があったんだ……。

大和くんのことは、凪咲ちゃんと付き合っているから知っていたけど、怜央くんのことは今日初めて知った。

たしかに、私も初めて見たときに固まってしまったほどのイケメン。

大和くんが凪咲ちゃんと付き合っていることは校内でも有名だし、みんな怜央くんを狙《ねら》っているのかもしれない。

だけど、怜央くんだって彼女がいるよね、きっと……。

「ったくよー、担任もひでーよな」

始業式に出なかった罰として、私と怜央くんは、放課後に居残りで先生のお手伝いをさせられていた。

クラス人数分のプリントを束ねてファイリングする、という作業。

「ごめんね……私が転ばなかったら、間に合ってたよね」

怜央くんは、遅刻しないように思いっきり自転車を漕いでたんだろうし。

なのに、ぶつかりもしなかった私を保健室まで連れていってくれたせいで、始業式にも参加できなかった。

「いや、正直言うとさ」

怜央くんは苦笑いしながら頭をかいた。

……なんだろう？

「もう間に合わないとは思ってたんだよね。でも保健室行って手当てするっていう正当な理由があったら、遅刻扱いにならないんじゃないかって期待してたんだ」

ごめんっ！　と怜央くんは、首を直角にするように頭を下げた。

「ぷっ……」

その姿と、カミングアウトに笑ってしまった。

正直に言ってくれたところに、心が和んで。

そういうことが頭をよぎるのは普通のことだよね。

でも……残念ながら、その思惑は通らなかったんだけど。

「それよりも手はどう？　痛くない？」

そうやって気にしてくれること自体、手当てしてくれているときは遅刻のことなんて忘れていたんじゃないかと思わせてくれる。

「うん。もうすっかり大丈夫だよ」

やっぱり優しい人には変わりない。

今日初めて会ったのに、こんなふうにふたりきりでの作業も全然苦じゃない。

むしろ楽しい。

しばらく他愛《たあい》もない会話をしながら作業を続けていたけれど、そのうち真剣になって無言の状態が続いていたとき。

「心菜ってさー」

パチンッ、パチンッとホチキスの音が響く教室。

少し間延びした声で怜央くんが私を呼んだ。

「……ん？　何？」

「彼氏いんの？」

「えっ、か、彼氏っ⁉」

唐突な質問に、持っていた紙の束をばらまいてしまった。

バサバサッ……と派手に。

だって、そんなこと男の子に聞かれたことなんてなくて。

「心菜動揺しすぎ」

怜央くんは笑いながら、私が落とした紙を拾い集めてくれる。

恥ずかしいな。私ったら何やってるんだろう……。

「ってことは、いるんだ？」

はい、とプリントを渡してくれながら言われた言葉に、一瞬「へっ？」とマヌケな声が出たあと。

「い、いないって！　いるわけないじゃんっ！」

両手を振って、首も振った。

私に彼氏……なんて考えただけで体が熱くなってくる。

「なんで〝いるわけない〟なの？」

「いるように見える⁉」

逆に聞いてしまう。

「いや……べつにいるって言われても不思議じゃないけど？」

「……っ、そ、そんなお世辞いいって……っ、だ、だって、私なんて凪咲ちゃんと全然違うし。かわいくもないし女の子らしくもないし、いいとこなんてないしっ……」

どう見たって、彼氏なんていないわけない。

凪咲ちゃんみたいにかわいい子とは、全然違うんだから……。

初恋は、少し遅くて中学一年生のときだった。

同じクラスの、明るいサッカー少年。

特別仲がよかったわけじゃないし、向こうにとっては単なるクラスメイトくらいの認識だったと思う。

それでも勇気を出してバレンタインにチョコレートを渡した。

ドキドキしながら待っていたホワイトデー。

……お返しはもらえなかった。

私の想《おも》いのすべてまで無視されたようで、クラス替えまでの期間、学校に行くのがすごくつらかったのを覚えている。

そんな傷もようやく癒えて、次に好きな人ができたのは、中学三年生のとき。

目立つタイプではなかったけど、優しくて話しやすい人だった。

話したときは会話が弾んで。

友達からも『いい感じじゃん』なんて言われて浮かれてたんだけど……ある日隣のクラスの女の子から告白されて、彼はその子とあっさり付き合ってしまったのだ。

『心菜が先に告白してたら絶対にうまく行ってたよ！』なんてなぐさめは、私の傷口を広げるだけだった。

勇気を出さなかった私が悪かったのかな。違う未来があったのかな。

……違う。私が告白してたって同じだ。

私のことを好きになってくれる男の子なんていないんだよ。

好きになっても見ているだけで、相手を振り向かせる努力や行動を起こせない。

それができないのは、やっぱり自分に自信がないから。

もしかしたら、なんて期待もできない。

もう、傷つきたくないんだ……。

「ふーん……」

怜央くんは、不服そうに口をとがらせる。

「心菜は、どうしてそんなに自分をダメダメなふうに言うの？」

「え？」

そしてホチキスでパチン、とプリントを留めてから一言呟いた。

「心菜がかわいそう」

――と。

……私が、かわいそう……？

「俺だってコンプレックスとかいろいろあるし、うらやましいと思うヤツいっぱいいるけど……それでも、俺が俺を認めてやんなきゃ、誰にも認められないと思わねえ?」

手を止めて、私の瞳《ひとみ》をグッと覗《のぞ》き込む。

一気に距離が縮まって、その差十センチ。

ドクンッ、と胸が鳴る。

「自分が自分を好きじゃなくて、誰が好きになってくれんの?」

「……っ」

ハッとした。

……そうだよね。

自分のことすら好きになれなくて、他の人がそんな自分を好きになってくれるはずなんてない。

「だから、俺は俺なりに自分のいいとこ見つけて、自分を好きだって胸張れるヤツでいたいと思ってる」

すごく、まっすぐな瞳だった。

怜央くんは、ただイケメンなだけじゃないんだ。

そんなまっすぐな信念を持っているからこそ、カッコよく見えるのかもしれない。

怜央くんは、内面からカッコよさが溢れ出ているんだ。

「少なくとも、俺は心菜のことそんな過小評価してないけどな」

「え……？」

「心菜の目、澄んでてウソがつけない目をしてる。正直で素直なんだろうなぁって思う。それって魅力としては十分だろ？」

「……っ」

……やだ。

うっかり泣きそうになっちゃった。

そんなふうに言ってもらえたのなんて初めてで……。

「なーんてな、今日初めて会ったヤツにそんなこと言われても信用できねぇよな」

怜央くんは顔を遠ざけるとはっと笑って、止めていた手を再び動かす。

「これでも人を見る目はあるほうなんだけど」

そうつけ加えながら。

「……ううん、うれしい……」

今日会ったばかりの怜央くんだけど、私への評価は決してからかっているとは思えなくて、むしろ胸に響いた。

すごく……うれしかった。

「そっか、ならよかった」

怜央くんは、クシャリと顔をほころばせると、

「やべっ、練習遅れる。さっさと終わらせよーぜ」

「うんっ、そうだね」

このあと部活があるという怜央くん。

今まで口のほうが忙しかったのに、パッと切り替えて手を素早く動かした。

でも……私はドキドキしてしまい、正直それどころじゃなかった。

ただでさえイケメンなのに。

ケガをした初対面の私を保健室に連れていって、手当てまでしてくれて。

内面までこんなに優しい性格イケメンなんて……反則。

こんなのもう……好きにならない理由が見つからないよ。

ドクンッドクンッ……。

この高鳴る鼓動の正体を私は知っている。

……そう。

私はたった一日で、彼に恋をしていた――。


「ふぅ……」

家に帰り、制服を脱いで部屋着に着替えるとベッドに腰かける。

初日から、なんて中身の濃い一日だったんだろう……。

「なんか、疲れた……」

それでもぐったりじゃなくて、心地のいい疲れ。

だって、想像以上の素敵な出会いがあったんだから。

私って、こんなに惚《ほ》れっぽかったっけ……。

全身を映す鏡の前に立って、両手を頬に当てる。

怜央くんを好きになった自分……。

なんだか、昨日までの自分と少し違って見えるのは気のせいかな……。

『心菜の目、澄んでてウソがつけない目をしてる。正直で素直なんだろうなぁって思う』

わあああああっ……。

思い出して、身もだえる。

怜央くんは、誰にでもああいうことをさらっと言う男の子なのかな。

結構軽い……？

……ううん。そんなふうには思えなかった。

自分をしっかり持っているし、人のこともちゃんと見ている。

そんな男の子なんだ。

とそのとき。

「……っ、痛ぁ……」

ズキ、と突然頭の痛みに襲われ、こめかみを押さえた。

普段頭痛なんてしないから、どうしたのかと思う。

今日はいろいろなことがあったから疲れたのかな。

とくに気に留めもせず、首をぐるぐる回しながら……思い出した。

そういえば。

いろいろなことのひとつに、不思議なことがあったのを。

怜央くんとの出会い方は、私が小説で描いた、いわば妄想と一致していた。

これは、単なる偶然……？

そう思いながらスマホを手に取り、久々に【木いちご】のサイトにログインした。

以前書いたその小説を読み返してみると、ヒーローが名前を言うところで止まったままだった。

この続き、どうしよう……。

あ、そうだ。

せっかくだから、このヒロインとヒーローを、私と怜央くんに置き換えて妄想しちゃおう。

せめて、小説の中だけでも都合のいい展開にして。

そう決めたら執筆意欲が俄然《がぜん》湧いてきた。

じゃあ、どんな話にしよう。

ぐるぐると妄想をめぐらせる。

簡単にくっつくのは面白くないよね。

お約束のライバルも必要だし、その子とヒーローが急接近してハラハラの展開もいいかな。

うーん。ライバルのほかにも、ちょっと厄介な女の子も必要かも。

学園ものならではの、行事も入れないとね。

まずは……体育祭かな？　実行委員を一緒にやったりして。

自分がモデルだと思うと、あまり不利なことは書きたくないけど、これはあくまでも小説だし。最後はハッピーエンドにするって決めてるんだから、いろいろ冒険もできてしまう。

更新ページに指を乗せると、意外にもスラスラと指が動いて執筆ははかどった。

近づく距離

怜央くんは、すぐにクラスのムードメーカーになった。

積極的で、責任感があって、リーダーシップもとれて。

困っている人がいると、仲のよさにかかわらず、すぐに優しく手を差し伸べる。

始業式の日、私にしてくれたように。

そんな怜央くんだから、彼が何か提案すればみんな頷《うなず》く。

ついていって間違いないっていう安心感があるんだと思う。

それはすべて彼の人柄がそうさせるんだと、二週間一緒のクラスで過ごしてみてよくわかった。

だからって真面目すぎるわけではなく、ふざけるときは思いっきりふざけてバカもやるし、先生から怒られることもしばしば。

だけど憎めないキャラで、怒られながらも気に入られている。

わかってはいたけど、ライバルは両手じゃ収まりきれない。

他のクラスの子はもちろん、下級生も。

廊下を歩いていると、すれ違う女の子が必ずといっていいほど二度見している。

今まで怜央くんを知らなかった自分が不思議なくらい。

ライバルの多さに早くも心が折れそうだけど、諦《あきら》めようとは思わなかった。

今回こそは……見ているだけの恋から卒業したいって強く思ったんだ。

それは、怜央くんが、私に勇気と自信をくれたから……。


「今日は席替えするぞー」

ある日のLHRの時間。

担任の先生がそう言って、ハッとする。

……あの小説に、席替えのシーンも書いていたから。

小説の中では、ヒロインとヒーローを隣同士にしたのだ。

現実に置き換えたら、私と怜央くんが隣になるということ。

だけど、いくらなんでもそんなできすぎた話があるわけないよね。

そうは思っても、小説とは関係なしに実際のところ隣になりたくてたまらないのには変わりなくて。

——怜央くんと隣の席になれますように。

心の中でそっと祈った。

「学級委員、クジ作ってくれ」

頼まれた学級委員の男の子と女の子は、言われたとおりクジを作る。

クラス内は初めての席替えにガヤガヤと騒がしい。

みんな席を立って、もうすぐ決まる新しい席に期待を膨らませている。

「大和くんの近くになりたいな〜」

「ねーっ」

そんなことを言っている女の子の声が聞こえた。

思わず凪咲ちゃんの顔を見る。

聞こえているはずなのに、涼しげな顔。

「……心配じゃない？」

モテすぎる彼氏を持つこと。

私なら、不安でたまらないだろうなと思い聞いてみるけど。

「付き合う前からそれはわかってたことだし。大和を信じてるからまわりの声は気にならないよ」

不安な素振りも見せず、ニコッと笑って返された。

すごいなぁ。

堂々としてる凪咲ちゃんがカッコよく見えた。

でもそれと同じように、

「山本さんの隣になれたらいいよな」

「なっ！」

なんて、凪咲ちゃんの隣を希望している男の子もいるわけで。

大和くんも同じ思いなのかな。美男美女カップルって、大変なんだなぁ。

そんなことを考えているとクジができあがったようで、順に引いていく。

黒板に番号が書いてあって、開いた紙に書いてある番号が新しい席。

全員が引き終えたところで机を移動し始める。

「俺、十番〜」

よく通る声でそう言って、怜央くんは移動を始めた。

怜央くん、あの席なんだ。

彼の隣に移動している女の子はまだいない。

ドキドキ……。

震える手で、そっと自分のクジをめくると。

私は二十六番だった。

場所を確認すると、窓側の前から五番目、そして……十番の隣。

ウソッ……。

手のひらを口に当てて、黒板を見つめる。

「どうしたの？」

固まっている私の肩を叩《たた》く凪咲ちゃん。

そして、私が持っている紙を覗き込んで。

「二十六番？　わっ、私と結構近いじゃん！　……って、隣怜央くんじゃん！」

肩を揺さぶってくる。

激しい体の揺れに、これは夢じゃないんだと確信する。

「……そうみたい」

また小説と同じ展開になっちゃった……。

バクバクと高鳴る鼓動。

願っていたことだけど、あまりにもできすぎな結果に驚きは隠せない。

「そこ、俺の席なんだけど」

いつまでも元の席で固まったままでいると、新しくこの席になった男子にせかされた。

「あ、ごめんね」

慌てて机を移動する。

今まで廊下側だったせいか、新しい席である窓側は明るくて暖かささえ感じられる。

すごく開放的で気分も上がりそうな席。

……隣が怜央くんという時点で、もう気分は上がりまくりなんだけど。

「お？　心菜この席なの？」

私に気づいた怜央くんからかかる声。

「う、うんっ」

声が上ずっちゃった。

「隣じゃん、よろしく」

その顔がうれしそうに見えたのは……私のうぬぼれかな。

お昼休み、凪咲ちゃんと机を合わせてお昼ご飯を食べていたとき。

「心菜、怜央くんのことどう思う？」

「……んんっ、ごほっ……」

突然そんなことを言ってくるものだから、喉《のど》にご飯を詰まらせそうになってしまった。

私の気持ちは、まだ凪咲ちゃんには伝えてないんだ。

やっぱり、恥ずかしくて。

「ど、どうって……？」

「彼氏候補に決まってるでしょ?」

彼氏候補、なんて。ずいぶん大胆な言葉だな。

そもそも、私が「候補」なんて上から目線で言える相手じゃないのに。

「れ、怜央くんはモテすぎるから無理だよっ」

私が怜央くんを好きとか、高嶺《たかね》の花すぎて凪咲ちゃんにも笑われちゃいそうだもん。ないないないと、手を振ってごまかしてみせる。

「まあねー、怜央くんすごくモテるし。でもさ、心菜はみんなよりリードしてると思わない?」

リード、か。

大和くんの親友の怜央くんを交えて何かと話す機会も多いから、まわりからは仲よく見えているかもしれない。

女の子たちの視線が痛いと感じることもある。

なんであの子が……って、絶対に思われてるはず。

「大和の友達紹介しようかって言ったことあるでしょ? あのときの第一候補、怜央くんだったんだよ」

「ええっ! そうだったの?」

「うん。適当な男子を紹介するつもりもなかったし、私がこの目で見て、大和の友達の中で一番性格のいい男の子が怜央くんだったんだもん」

わ～、もったいない。だったら、紹介してもらってもよかったな、なんてゲンキンなことを思う。

「でも、そんなことしなくても出会ったんだから、きっと出会うべき相手だったんだよね」

「はっ、恥ずかしいよっ……」

そんなふうに言われて照れ臭いな。

自分には、運命だとか赤い糸だとか、そんなロマンチックな表現なんて絶対に似合わないもん。

「で、どう？ いいじゃん、怜央くん」

「……っ、て、やだ、凪咲ちゃんてば……」

こういう冷やかしに慣れてないから落ちつかず、体をもじもじさせた。

「セッティングしてあげようか。お互いの親友なんだし、いくらでもできるよ」

「えええっ……！」

そんな改まったことをされたら、仲よくなるどころか逆にぎくしゃくしちゃいそう。

無理！と首を振る。

「って、そんなことしなくても、付き合うのも時間の問題かもね。怜央くん、心菜のこと気に入ってるっぽいし」

「え？　え？」

そうなの？　っぽいの？　どこが？

人気のある人から好かれるタイプじゃない私が、ありえない。

そんなの真に受けるつもりもないし、凪咲ちゃんはきっと気をつかってくれているだけなんだろうな。

でもその前に、

「怜央くん、彼女いないの？」

そこが一番肝心。

もしいたら、かなりつらい。

彼女をいる人を想うのは、イコール、彼の不幸を望むこととも紙一重だから。

彼女と別れるのを待っているみたいで。

「いないよ。中学のときはいたみたいだけど、高校に入ってすぐに別れてそれからずっとフリーなんだって」

彼女、いないんだ。

それを聞いて、胸がうれしがっているように熱くなった。

怜央くんと隣の席になったことで、今まで以上に会話も増えた。

今までは、私のほうが怜央くんより前の席だったから、授業中の様子なんて全然知らなかったけど、席が窓側ということもあり、自然に内側に顔を向けるから不自然じゃなく怜央くんを視界に入れられる。

先生を見るふりしてチラチラ横に視線を送っていると、いろいろな表情の怜央くんを知ることができた。

眠たそうだな、とか。意外ときれいな字を書くんだなとか。

盗み見しているから、完全に怪しいんだけど。

でも、いいことばかりじゃない。

胸をざわつかせることもあるんだ。

「怜央くん」

授業が終わった瞬間、ひとりの女の子が怜央くんに声をかけた。

……反対隣の女の子だ。

彼女の名前は、中野《なかの》すみれちゃん。

ポニーテールがトレードマークの女の子。

髪先には緩くパーマがかかっていて、ふわふわと揺れる様《さま》がとても女の子っぽい。

おまけに、笑うと左頬にできるえくぼが私だってきゅんとするくらいかわいいんだ。

授業が終わると、よく「怜央くん怜央くん」と声をかけて、会話を楽しんでいる。

……すみれちゃんは、絶対に怜央くんを好きだと思う。

ほらね。小説に書いたとおりだよ。

モテすぎるから当然ライバルはいっぱいいるけど、積極的に近づいて、今後を脅かすような美少女ライバルが登場するのは、やっぱり避けられないんだと思った。

何か面白い動画でもあるのか、すみれちゃんは怜央くんにスマホを見せながら、笑っている。

──ズキンッ。

そんなかわいい笑顔を見せないで。

私が男だったら、瞬間恋に落ちてるに決まってる。

オーバーに驚くすみれちゃんの声は、嫌でも耳に入ってくる。

「え～、そうなの～？」

自分のスマホに意識を集中させようとしても、完全に耳はふたりの会話を拾ってしまうんだ。

怜央くんが楽しそうに笑っていると、胸がズキンと痛くなる。

……私と喋っていてもそうしてくれるから、誰にでもそうなんだろうけど。

怜央くんは、優しいから……。

すみれちゃんは、堂々と怜央くんの瞳の中に入っている。

瞳を見るだけでドキドキしている私とは大違い。

私とすみれちゃんの違いは、自分にどれだけ自信があるかなんだと思う。

あれだけかわいければ当然だよね。

「怜央くんて意外と子供っぽいんだね、ふふっ」

「中野だって同じだろー」

弾んでいる会話に、モヤモヤが募っていく。

怜央くん、そんなにすみれちゃんを見つめないで。

そんな近距離ですみれちゃんのかわいい顔を見て、ドキドキしないの？

祈るような思いでそんなふたりを見ていると、そのうち怜央くんもスマホを取り出した。

スマホを近づけ合うふたり。

もしかして連絡先の交換をしてるのかな。

……差がついちゃった。

私はまだ、怜央くんの連絡先を知らないから。


数日後の授業中。

配られた英語のプリントを解いてるとき。

隣から、やたらにカチカチとシャーペンをノックする音が聞こえた。

気になって視線を向けると。

「やべぇ」

困ったような顔の怜央くんが。

「どうしたの？」

私が声をかけると、そのままの表情で尋ねてきた。

「心菜、シャー芯《しん》持ってる？　どれも全滅でさ。そして替えも持ってない悲劇」

机の上に転がされた三本のシャーペン。

そのどれもに芯が入ってないらしくて、プリントが進められないみたい。

それは大変だ。

「うんあるよ。ちょっと待ってね」

ペンケースからシャーペンの芯が入っているケースを取り出し、怜央くんに渡す。

「いっぱい入ってるから好きなだけ取って大丈夫だよ」

「マジで助かるわ」

怜央くんは空のシャーペンに、芯を入れていく。

指、細くて長いな。だから器用なのかな。

そんな姿にすら見とれてしまう私は、もう重症かもしれない。

……好きが、募っていく。

「サンキュ」

「どういたしまして」

怜央くんが私にケースを渡し、それを受け取ろうとしたとき、

「……っ」

私の指が怜央くんの指に触れてしまい。

「あっ！」

思わず手を引っ込めてしまった。

そのせいで、床に落ちるケース。

やだ私、指が触れたくらいで過剰な反応なんてして、恥ずかしいな。

ケースの蓋はきっちりしめてくれていたおかげで、芯が散らばることはなかった。

それをすぐに拾ってくれた怜央くんは、

「ごめんごめん。芯は無事みたい」

私のせいで落としたのに、中身が折れてないかまで確認してくれる優しさ。

「あ、手の傷もう完全にわかんなくなったな」

そのとき、ふいに私の手のひらに視線を落とした怜央くんは、にっこり笑った。

「うん、怜央くんがちゃんと手当てしてくれたおかげ」

私も微笑み返し、改めてお礼を言うと。

「……っ」

一瞬言葉に詰まり、そのまま正面を向いてしまう怜央くん。

どうしたんだろう……？

「……あのときは……本当にありがとうね……？」

まだ伝えたいことが終わってなくてその横顔に向けて言うと、「おう」とチラッと目線だけをこっちに向ける彼が、軽く手を挙げた。

私だって好きなのに

「やりー、いっただきー」

したり顔を向けてくるのは怜央くん。

私が今まさに食べようとしていたポッキーを、通りすがりにきれいに奪い去っていったのだ。

「あー、ちょっとー！」

「へへっ、心菜がぼーっとしてるから」

ぼーっとって。

いつも私がトロいみたいに。

まぁ、いいか。

袋の中から新しくポッキーを取り出す。

つかの間の休み時間。

数学で頭を使いすぎたから糖分補給に……とカバンから取り出したお菓子を、私よりも先に怜央くんに食べられたのだ。

不意打ちは反則だって。

向けられた満面の笑みが眩しすぎて、ドキドキしてしまう。

「相変わらず仲いいじゃん」

ポンと肩を叩かれる。

その手の主は凪咲ちゃんで、目線の先は怜央くん。

「そ、そんなことないって……」

そう言いながらも含み笑いを隠せない私の気持ちなんて、凪咲ちゃんにはもうバレバレみたい。

私が怜央くんにちょっかいを出されるたびに、決まって冷やかしてくる。

「あー、ニヤついてる」

「ニヤついてなんかないもん！」

「ウソつけー」

色気のない私と怜央くんとの関係は、甘くて淡い恋とは皆無の、男女の枠を越えた友達。

それでも、こうして怜央くんと過ごす日常が、ものすごく幸せだった。

今日のLHRは、来月の末に行われる体育祭の実行委員決め。

このシーンも、小説に書いてたっけ。

来る行事を参考に執筆したから、それは当然なんだけど。

もちろん実行委員は、ヒロインとヒーロー。

だから現実世界でいえば、私と怜央くんってことになるんだけど……。

「学級委員、あとは仕切ってくれ」

担任に言われ、学級委員の男の子と女の子が前に出て司会を始めた。

「じゃあまず立候補取ります。実行委員に我こそはって人！」

シーン……。

いつも賑やかなクラスも、このときばかりはみんな貝のように口を閉じている。

そうだと思い小説の中でも、ヒロインとヒーローは立候補ではなくて、クジで当たってしまったという設定にしていた。そのほうが、運命を感じられるし。

「じゃあ、じゃんけんで決めたいと思います。席が前後の人とじゃんけんして、負けた女子は前、男子は後ろに集まってください」

立候補は誰もいないと予想していたのか、決まっていたような流れを口にしたクラス委員に従って、みんな前後の人とじゃんけんを始めた。

じゃんけん、か。ここは小説とは違ってクジじゃないみたい。

うちのクラスは三十六人。男女それぞれ十八人ずつ。

偶数だから誰もあぶれることなく、前後の人とじゃんけんできる。

私は振り返り、後ろの女の子とじゃんけんをした結果。

「やった〜！」

負けた私の目の前で、本気で喜ぶ相手の女の子。

……私はじゃんけんが弱いんだ。

当然のように負けてしまい、第二ラウンドは教室の前で行われた。

たった一枠から逃れるためのじゃんけんの結果。

「はい、宮内さんに決定ね」

私の名前が黒板に書かれていく。

うっ……これって、私自身がこの運命を決めちゃったようなものかな。

ヒロインが委員になる……なんていう小説を書いたから。

……そんなわけないよね。これも偶然に決まってる。

「よっしゃあああ！」

「うわああっ、負けたあ！」

一方、男子はまだ決まっていないみたい。

一勝負つくことに大騒ぎだ。

体育祭実行委員は、誰もがやりたくない委員ナンバーワンと言われている。

仕事量が多く、過酷で有名だから。

去年委員になった子は、毎日遅くまで残って作業して、当日も係仕事に走りまわって三キロも痩せたなんて言ってた。

私も運動は苦手だし、まったくもって適任じゃないから気が重くてしょうがない。

無責任に小説の中ではヒロインとヒーローにさせてしまったけど、現実世界でなるのはやっぱり勘弁だ。

残り五人を残して、まだ怜央くんは負けグループにいた。

「やべぇ、勝てる気がしねぇ」

弱気を口にする怜央くんは、本気で委員を避けたい様子。

嫌なことを怜央くんにはやってもらいたくない……そう思いながらも、どこかで怜央くんが委員になることを期待してしまう。

一緒だったら、実行委員も頑張れそうな気がするから。

じゃんけんの結果を見守っていると。

「うわーーーーー、マジ勘弁……」

ガックリと床に膝をついたのは。

「男子は怜央だね」

クラス委員の男の子が、怜央くんの名前を私の隣に書いた。

……ほんとに怜央くんが委員になっちゃった！

私は驚きを隠せず、手を口に当てて唖然《あぜん》として黒板に並んだその名前を見つめる。

また小説に書いたことが本当になったけど……これって、偶然で済ませられる？

少し怖くて、背中にゾクッと寒気を感じたのもつかの間。

残念がっている怜央くんを目で追っていると、次第にその表情が変わっていくのがわかった。

黒板をじっと見つめている。

そして、何かを探すようにきょろきょろと動かす目は、彼を追っていた私と焦点が合った。

——ドクンッ。

そのままこっちへと歩み寄ってきた怜央くんは。

「女子は心菜なんだ」

「う、うんっ」

「じゃあいっか！　よろしくな」

じゃあいっかって？

女子の委員が私でよかったってこと？

そうだとしたら……ものすごくうれしい。

「うん、よろしくね！」

怖さなんて吹き飛び、私は期待に胸を膨らませた。

次の休み時間、それは起こった。

「心菜ちゃん」

私を呼んだのは、すみれちゃんだった。

「ん？ なあに？」

見ていて感じてたとおり、彼女は話をしていても明るくて気持ちのいい女の子。

すみれちゃんが怜央くんに告白しちゃえば、もうアウトかなって本気で思う。

だからといって、私に告白する勇気なんてないんだけど。

「お願いがあるの……」

両手を顔の前に合わせる姿は、同性の私から見ても素直にかわいいと思えるもので。

「お願い？」

なんだろう。私にお願いって。

予想もつかない内容を、そのかわいい顔を見つめながら待つ。

「体育祭の実行委員、代わってもらえないかなぁ……」

実行委員を代わる……？

一瞬、言われている意味がわからなかった。

「心菜ちゃんは立候補じゃなかったから、もしよければなんだけど」
……戸惑った。
小説では、こんな展開にはならなかった。
ヒロインとヒーローがふたりで実行委員をやりきり、体育祭を成功させていた。
そして、距離はグッと縮まったんだ。
……なんて。
それはあくまでも私が書いた小説なんだから、違うことが起きて当然なんだけど。
「な、なんで……？」
誰も立候補しなかったから、じゃんけんになったのに。
どうして今になって。
戸惑う私の耳元に、すみれちゃんはそっと口を寄せた。
「じつは、怜央くんのこと……その、気になってて……」
揺れたポニーテールから、フワッといい匂《にお》いが漂ってくる。
一瞬頭の中が真っ白になった。
男子が怜央くんに決まったから、一緒に委員をやりたいってこと……？
どうしよう。
私だって、怜央くんと一緒に委員をやりたい。

でも……ここで譲らなかったら、私も怜央くんに気があると思われるかな……。

「すみれ、例のことお願いしてるの？」

そのとき、私たちの間に入ってきたのは、すみれちゃんといつも一緒にいる藤谷真《ふじたにま》帆《ほ》ちゃん。

すみれちゃんと違い少し気が強そうな印象の藤谷さんとは、まだ話したことはない。すみれちゃんがかわいい系なら、藤谷さんは美人系。少し冷たい印象で私は彼女に、苦手なイメージを持っていた。

「うん」

「代わってもらえた？」

「それが……まだ」

「そうなの？　なんで？」

「えっと……」

「宮内さん、委員やりたいの？」

最終的に藤谷さんの問いかけは、歯切れの悪いすみれちゃんではなく、私に向けられた。

あ……。

藤谷さんが加勢したことで、私はますます立場が弱くなってしまう。

「やりたいってわけじゃないけど……」

決まったからには、それなりに責任を持って頑張ろうって気持ちも芽生えている。

……なんて、そんなの言い訳で。

私だって、怜央くんと委員をやりたい。

こんなチャンスを逃したくない。

「もしかして、宮内さんも怜央くんが好きなの？」

藤谷さんのキリッとした冷たい目で探るように言われ、ドキッとした。

というか、「も」って。

すみれちゃんが怜央くんを好きだと、はっきり言ったようなものだけど、大丈夫なのかな。

思ったとおり、少しぎょっとしたように藤谷さんを見たすみれちゃん。

でも彼女はお構いなしに続ける。

「仲、いいもんね」

そして「それなら仕方ないよー」なんてすみれちゃんに言う。

すみれちゃんも、困ったような笑みを浮かべながらも「うん」と頷いていて。

そんなやりとりに、焦りが募る。

このままだったら、私も怜央くんを好きだと思われてしまう。

「あ、私はべつに……」

ダメじゃないけど、そんなに易々《やすやす》と気持ちを明かすのもどうかと思い言葉を濁すと。

「だったらよくない？」

突然口調を変えて切り返してくる藤谷さん。

え？

どこか冷たくとがったようなもの言いに、私は言葉を失った。

それはもう、譲れと言っているようなもの。

藤谷さんの目は私をまっすぐ捉え、少しもブレない。

……そんなふうに言われたら怖くて断れなくて。

「う、うん。わかった……」

私は委員の座を、すみれちゃんに譲っていた。

……私が小説に書いた厄介な女の子って、藤谷さんのことなのかな……。


「心菜、今日集まりあるだろ？　そんときの資料、目を通しとけって先生が」

次の日。

怜央くんに、委員の資料を渡された。

今日の放課後、委員に初めての招集がかかっているのだ。

「だりーよな。でもまあ、じゃんけん弱いどうしで頑張ろうぜー」

それを指先で受け取った私は、自然と下を向いてしまう。

だって、私はもう委員じゃないから。

嫌な委員も、怜央くんとなら楽しくなりそうだと思っていたのに。

「どうかした？」

「えっ。あ、あのね……じつは……私……」

すみれちゃんと委員を代わったことを告げた。

すると怜央くんの表情は曇る。

「へー、そうなんだ。なんで？」

聞かれると思っていた。けれどすみれちゃんからは、自分から代わってほしいと頼んだことは内緒にしておいてほしいと言われてしまい。

「えっと……。私にはやっぱり向いてないかな……って」

苦しい言い訳。

けれど理由も理由だから、本当のことを言うに言えなかったのだ。

「だから、これ……」

渡されたばかりの資料を怜央くんに返す。

「……りょーかい」

その一言は、なんだかとても冷たく聞こえた。
もしかして、怒ったかな。
面倒な委員を放棄して人に押しつけたと思ってる？
……思われても仕方ないよね。
怜央くんはそのまま体勢を変え、反対方向を向いてしまう。
そして、私が返した資料をすみれちゃんへ渡した。
「中野」
「あ、怜央くん」
「これ、実行委員の資料なんだけど」
すみれちゃんの顔はわかりやすく輝き始めて、怜央くんの話に一生懸命耳を傾ける。
ものすごく、自己嫌悪。
せっかくのチャンスを、みずから手放してしまったなんて。
創作した物語に頼ろうとした罰なのかな。
そんなに物事はうまくいかないよっていう、神のおぼし召し。
やっぱり、出会いも、席替えも……単なる偶然なのかな。
はしゃぐすみれちゃんの声を聞く私の心は、チクチクと痛んだ。

日を追うごとに、怜央くんとすみれちゃんの仲がよくなっていくのは見ていてわかった。

作業で一緒にいる時間が多いから当然なんだろうけど、すみれちゃんが「怜央くん」と呼ぶ回数が多くなった気がする。

怜央くんも怜央くんで、すみれちゃんと相談しなきゃならないことはたくさんあるらしく、みずから声をかけに行ったりしてる。

委員は、噂に聞いていたとおりとても忙しいようで、毎日昼休みは会議のためにふたり揃って教室を出ていく。

反対に、私と怜央くんの仲はあれから微妙なままだった。

休み時間も忙しそうにしているから、現実的に話す時間がないというのもあるけど、そんな怜央くんに話しかける勇気がないのも事実で。

「はぁ……」

今さら悔やんだり、そんなふたりをうらやましく思うなんて、反則だよね。

決めたのは、全部自分なんだから……。

今日は体育祭の種目決め。

委員のふたりが前に立って話し合いが開かれた。

司会が怜央くん、書記はすみれちゃん。ふたりの息はピッタリ。

「今年も、借り物競争と障害物競争と徒競走の三種目から選んでもらいます。えーと、じゃあ希望を取ります。人数が決まってるから、多かった場合はじゃんけんで決めたいと思います」

個人走は、毎年この三種目からひとつを選ぶことになっている。

去年は借り物競争に出て、〝好きな人〟なんてお題を引いてしまい本当に困った。

結局、女友達としての〝好きな人〟を連れていって難を逃れたんだけど。

徒競走は足の速い人が出るのが暗黙のルールだし、今年は障害物競走がいいな。

「じゃあまず、障害物競争に出たい人」

怜央くんがそういった途端、勢いよくいくつもの手が上がった。

やっぱりこれが一番人気だよね。

人数を数えるために、手を挙げた人を怜央くんが目で追っていく。

「お前、足速いんだから徒競走に出ろよー」

時々突っ込みながらゆっくり目を動かして。そして、手を挙げている私とも視線がぶつかった。

けれど、サッと目をそらした怜央くんは。

「人数が定員より多いのでじゃんけんをしてもらいまーす」

何事もなかったかのように、進行していく。

チクリ。

小さい針で突き刺したような痛みを胸に覚えた。

今までなら目が合うと、笑いかけてくれていたのに。

私が委員を降りたこと、やっぱり怒ってるんだ。

責任感の強い怜央くん。

一度決めたことからあっさり手を引いた私のこと、軽蔑してるんだよね。

下を向いて唇を噛む。気を緩めたら、涙が出てしまいそうだったから。

教卓で進行を務める怜央くんの声が、まるで知らない人の声のように聞こえた。


「中野が持病の喘息《ぜんそく》の悪化で、しばらく休むことになった。一週間から十日間くらいは来れないらしい」

担任がＨＲでそう告げたのは、それから数日後のことだった。

すみれちゃんが喘息を持っていたなんて知らなかった。

怜央くんと委員をやりたいあまり、無理をしちゃったのかな。

すみれちゃんは華奢《きゃしゃ》だし、委員の疲れもたたって悪化したのかもしれない。

そう思うと、気の毒。

体育祭まではまだ二週間もあるけど……じゃあ、その間、委員の仕事は怜央くんひとり……？

隣からこっそり怜央くんの様子を盗み見るけど、とくに驚いてない。

すみれちゃんのことだから、直接電話で伝えていたのかな。

それにしても、ふたりしかいない委員のひとりが欠けるのは大打撃だろう。

怜央くんが、心配だよ……。

その日の放課後。

「怜央くんっ……！」

委員の仕事に向かおうとしている怜央くんの背中に声をかけた。

いつぶりかな……怜央くんの名前を呼んだのは。

でも、いても立ってもいられなかったんだ。

足を止めて振り返った怜央くんは、一瞬ハッとしたように目を見開いたけど、すぐに目を細めた。

明らかに私に対して不信感を持っている瞳。でも……負けない。

「あの……すみれちゃんがお休みの間、委員の仕事手伝わせてもらえないかな……」

今さらなんだよって言われるかもしれないけど。

私がそうしたかったんだ。

廊下の真ん中で距離を保って立ち止まる私たちを、行きかう人たちが怪訝そうに見ている。

まさに怜央くんの瞳は〝何を今さら〟そう物語っている。

しばらく、そんなふうに廊下で対峙《たいじ》したのち。

「……心菜にできんの……」

ぶっきらぼうな言葉だったけど。

久しぶりにちゃんと目を見てくれた。久しぶりに名前を呼んでくれた。

今まで当たり前だったそれだけのことに、胸が高鳴る。

「……中野も倒れるくらいだぞ」

「うんっ！」

私は強い意志を持ち、怜央くんの瞳を見つめて頷いた。

もともとは、私の仕事だった。倒れたってなんだって、頑張れる自信がある。

すると、私を見つめる怜央くんの頬がだんだん緩んで。

「たーっぷりこき使ってやるからな。覚悟しとけよ」

その瞳はもう冷たいものじゃなく、見慣れたいつもの怜央くんで。

私も顔がほころんだ。

「うんっ……！」

そのあと、怜央くんに促されるまま足を運んだのは生徒会室。

ここが作業場らしい。

「おーっす！」

「おせーよ」

「やっと来たか」

「お前がいねーと士気高まんねーし」

委員の人たちはみんな仲がいいのか、怜央くんが顔を見せるとあちこちから声がかかった。

さすが怜央くん。

先輩からの人望も厚いようで、みんな作業の手を止めて白い歯を見せて笑っている。

「わりぃわりぃ。んで、宮中野がしばらく休むことになったからそれまでの助っ人。同じクラスの宮内。みんなよろしくな」

「よろしくー」

「よろしくお願いしまーす」

怜央くんがそう紹介すると、またあちこちから声がかかり、私は慌てて頭を下げた。

「よ、よろしくお願いしますっ」

いきなり知らない人が作業に混ってたら、普通「あの人誰？」ってなる。

私もそれを危惧していたんだけど、きちんと紹介してくれる気づかいはさすが怜央くん。

私が馴染みやすいように、先に言ってくれたんだと思うと胸が温かくなった。

「ありがとう、怜央くん」

「何が？」

「ううん、なんでもないっ。作業始めよう！」

壁には仕事の分担表が貼られていた。

覚悟はしていたけど、作業は山のようにある。

「さっそくビビってる？」

それを見ていた私に、ニヤリと笑う怜央くん。

「そ、想像どおりだよっ」

強がりを口にして、ジャージの袖《そで》をまくった。

『そんな恰好《かっこう》で来るつもり？』

声をかけたとき、怜央くんはジャージ姿で。

制服じゃ作業はできないと知り、私もジャージに着替えたのだ。

着替えるまで待っててくれたから、怜央くんも遅れてしまったんだけど。

作業は、同じクラスのふたりが基本ペアになって行うらしい。

今日の私たちの仕事は、得点板のまわりを飾る花作り。

一年〜三年までそれぞれ八クラスあり、縦割りで同じ色のチームとなる。

つまり八色対抗だから、八色の花紙で花を作っていく。

黄色にピンクに紫にオレンジ……私たち三組の色、水色ももちろんある。

薄い花紙を五枚重ねて扇子折りをして、真ん中をホチキスで止めて広げていくんだっけ。

この花を作るのは小学生のとき以来だ。

地味な作業を、私と怜央くんのふたりで進めていく。

こうしていると、始業式の日に先生のお手伝いをさせられたことを思い出す。

怜央くんに恋に落ちた日のことを。

あれから二ヶ月くらいしかたっていないのに、ずいぶんと昔のような気がするなぁ。

ふふふ……なんて思い出に浸っていると。

「そういえばさ、なんで心菜から中野に委員が変わったの？」

目の前から投げられた質問に、一気に現実に戻る。

改めて今それを聞かれて返答に迷った。

それでもやっぱり本当のことは言えなくて。

「えっと……すみれちゃんがやってみたいって言ってきて……」

苦し紛れに口から放つ。

「え？　なんで？　こんな大変な仕事なのに？」

それを素直に信じてくれない怜央くん。

……どうしよう。

怜央くんが好きだから、なんてことは絶対に言えないわけで。

「理由は……よく……わかんないけど」

「ふーん……」

なんだか腑に落ちない顔。

もしかして、また怒らせちゃったかな。

ひやひやしていると、怜央くんは思いがけないことを言った。

「俺は、心菜がめんどくさくてやりたくないって話してたから、変わることになったって聞いてたから」

「えっ!?　私そんなこと言ってないよ！」

私は思いっきり首を振った。

そんなの事実無根だし、絶対に否定しなきゃいけない。

「マジで？」

「ほんとだよ！」

……だから、怜央くんが怒ってたんだ。

そりゃあ怒るに決まってるよ。そんなのが事実だったら。

すみれちゃんがそう言ったのかな……と思って、もうひとり脳裏に浮かぶ人物。

……それは藤谷さん。

どんなシチュエーションだったかはわからないけど、あのときみたいにうまく話をしたのかもしれない。

すみれちゃんが怜央くんを好きだから……なんて理由は言えないにしても、それはあんまりだと思い悲しくなる。

「まあ、俺は心菜がそんなことするヤツじゃないってわかってたけどな」

けれど、それを救ってくれたのは怜央くんの言葉。

「……っ」

やだ。私今、泣きそう。

だって、怜央くんが信じてくれていた。

すみれちゃんの言葉じゃなくて、私を……。

それがたまらなくうれしくて、涙が堪えられず席を立ちその場から離れる。

涙しているところ、怜央くんに見られたくないから……。

慌てて席を立ったのはいいけれど、何か用がないと不審に思われそうだから、ピンク色の花紙を補充するふりして持ってくると。

「え？　まだこんなにあるのに？」

目の前には、まだピンク色の花紙は山のようにあって。

何やってんだよー、なんて笑われてしまった。


実行委員は事前準備だけじゃなく、当日も仕事がたくさんあるようで。

体育委員は用具の準備、放送委員は実況などそれぞれ仕事があり、実行委員はおもに競技の補助に駆り出されるらしい。

すみれちゃんが体育祭までに戻ってこれても、こんなハードな仕事を病み上がりにさせるわけにもいかないだろうなと漠然と思う。

でも、すみれちゃんが怜央くんと一緒にやりたいと望んだんだから、それを私が促すのは難しいかもしれない。

無理はさせたくない、でもどうしよう……なんて悩んでいたんだけど。

結局体育祭の前日になっても、すみれちゃんが学校に来ることはなかった。

体育祭前日の準備は総仕上げ。

テントの設営やライン引きなど……外の作業が多く、すでに体育祭が終わったかのように疲れ果ててしまった。

作業が終わったのは七時半近く。どっぷり日も暮れていた。

「お疲れさまー」

「また明日ね〜」

すっかり仲よくなった委員のみんなに声をかけながら、自転車を押す怜央くんと並んで校門を出た。

「今日はひときわ疲れたね」

怜央くんは学校を出て一本目の角を曲がってしまうから、いつもすぐに別れなきゃいけない。

同じ方面なら、長く一緒に居られたのに。

そう思うと、少し残念。

「だな。もう暗いから駅まで送るよ」

「え？　何？」

聞き間違いかと、思わず聞き返す。

「だから、遅いから駅まで送るよ」

本当に⁉

思わぬ言葉に胸が高鳴るけど。

「いっ、いいよ！　だって逆方向だもん」

「いーよ」

断った私に返ってきた返事はとても軽いもの。風に髪をなびかせながらさらっと。

街頭に照らされた怜央くんの横顔はいつもどおり涼しげで、へとへとな私と違い余裕がある。

「本当にいいよ。暗いっていっても街頭もあるし。うん、だから本当にいいっ！」

だからって、疲れてないわけじゃない。

私より力仕事して、走って。

「あっちお願い！」とか「こっち来て！」など、みんなに頼られていた怜央くんの疲れは半端ないはず。

「……そんなに拒否られると、地味に傷つく」

ボソッと放つ怜央くんの言葉に、キュッと胸が痛くなった。

「……っ、ごめん……。嫌とかそういうんじゃなくて……」

これは完全なる遠慮。

なのに傷つくとか……うれしいような複雑な気分だよ。

「だったら送られてよ」

「……っ、うん、ありがとう……」

ニコッと微笑まれれば、もう私に拒否権なんてない。

駅までの道のりは、住宅街の間をぬっていくから人通りはほとんどなく静か。

カラカラカラ……と、車輪が回転する音と、靴音が響く。

そんななか、私は、じーっと怜央くんの様子をうかがってしまう。

だって……。

「え、何？」

その視線に気づいた怜央くんは、怪訝そうに言うけど。

「えっと……乗るんじゃ……ないの……？」

いつ「乗れよ」って言われるかと待っているのに、全然声がかからない。

駅まで送るって、そういうことじゃないの？

始業式の日に乗せてくれたみたいに。

「あー……乗せたらすぐ駅についちゃうだろ？」

「？」

それって、どういう意味……？

「……あっ、てか、乗せたら会話できねーし！　……っあ」

まずい！　というように、言いなおしたその言葉も。

私をチラッと見たあと、焦ったように口に手を当ててバツが悪そうに沈黙する。

——ドクンッ。

だって……。
〝乗せたらすぐ駅につく〟
〝乗せたら会話できない〟
それって。
それって。
……私ともう少し喋ってたいってこと……？
都合のいいように解釈すればそうで、ボッと全身に火がついたように熱くなる。
「……つーか、俺なに言ってんだよ！　わーーーーもーーーーー！」
クシャッと無造作に髪に手を突っ込む怜央くん。
「今のは完全に心菜が悪いからな！」
そしてどうしてか、私のせいにされた。
おまけに、スタスタ自転車を押していってしまう……。
……なんなんだろう。
わけわからないこと言ってドキドキさせているのは、そっちなのに。
でも、さっきの言葉が率直な怜央くんの本心だったとしたら……。
「……私もっ……まだもう少し怜央くんと話してたいっ」
小走りで追いかけて、その背中に告げた。

私だってそうなんだよって伝えたくなったんだ。

——カラ……。

自転車の回転がゆっくり止まる。

振り返って街頭に照らされて浮かび上がった怜央くんの顔は、ほんのり赤らんでいるように見えた。

「……お、おう」

「……うん」

隣に肩を並べると、怜央くんは私の歩幅に合わせてくれた。

それでも明日の体育祭について話しながら歩いていると、あっという間に駅についてしまった。

残念だな。楽しい時間は一瞬で過ぎてしまう。

「明日も早いから、今日はゆっくり寝ろよ」

「うん、怜央くんもね。送ってくれてありがとう」

去っていく怜央くんの自転車が、見えなくなるのを確認して。

私は駅の階段を勢いよく駆け上がった。

体育祭

そして体育祭当日。
体育祭日和のいいお天気に恵まれた。
こんなに楽しみな体育祭は初めてかもしれない。
準備に関わってきたからなのはもちろん、怜央くんとの距離もグッと縮まったから。
あ。結局これって、私が書いた小説のとおりになってない？
今さらそんなことに気づいて、思わず笑った。
委員は、一般の生徒よりも一時間早く集合することになっている。
七時に学校へつくと、もう校庭で作業をしている先生や生徒の姿があった。
その中に怜央くんの姿を見つける。
ふふふっ、怜央くん今日も張りきってるな。
そんな姿に目を細めながら、近づいていくと。
「怜央くん！」
私を追い抜かすように走っていく女の子の姿。

ふわふわのポニーテールを揺らすその姿は……。

「中野……？」

驚いたような声を出す怜央くん。

私も同じ。

どうしてすみれちゃんがここにいるのか、一瞬わからなくて。

私の足は鈍くなり、ふたりの少し手前で止まってしまう。

「怜央くんおはよう！」

「おはよ……って、もう体、大丈夫なのか？」

「うん！　体育祭当日までには戻ってこれるように頑張ったから」

……そうなんだ。

もう元気になったんだ。

体育祭に間に合ってよかった。

そう思いながらも、私の胸中は複雑。

「怜央くんごめんね？　ずっとひとりで作業させちゃって」

「いや、それは大丈夫。中野がいない間、心菜が手伝ってくれてたから」

怜央くんは私に気づいていたようで、こちらに視線を送るとすみれちゃんが振り返った。

「え……」

すっ、と。すみれちゃんの顔から笑みが消えた。

その顔に、すみれちゃんや藤谷さんが怜央くんに告げていたという〝ウソ〟を思い出し、胸が痛くなる。

「あ、うん……。っていっても、大したことできなかったけど……」

その表情に居心地の悪さを感じながらもなんとか口にすると、すみれちゃんはいつものようにえくぼを見せて笑った。

「そっか、心菜ちゃんありがとう。今日の係仕事は私がやるからもう大丈夫だよ」

「え、でもまだ無理しないほうが……」

「大丈夫。そのために、今までしっかり静養してたの」

「そ、そう……?」

「昨日までどうもありがとう」

それはもう私に今日の仕事はないということ。

本来の委員が戻ってきたなら、私がしゃしゃり出るわけにもいかない。

「じゃあ……私の分担になってるとこ、引き継ぐね……」

分担の書かれたプリントを出して説明して、それをすみれちゃんに渡す。

難しいことはないし、ざっと説明するとすみれちゃんも理解してくれた。

「じゃあ、私行くね……」

すみれちゃんの気持ちを知っている私がこれ以上ここに居たら、空気の読めないヤツ……になっちゃうもんね。

怜央くんは何か言いたそうにしていたけれど、仕方ないことだと思っているのか、特別に何か言ってくることはなかった。

もともと、すみれちゃんが戻ってくるまでという約束だったんだから……。

校庭にいても邪魔になるだけだし、私はまだ誰もいない教室にひとり戻った。

教室の窓から、作業をしている校庭をぼんやりと眺める。

昨日まであそこにいたのに、本番に加われないのはやっぱり少し寂しいな。

すみれちゃんが元気になったのはうれしいけど……複雑な気分だった。

「あれれ？　心菜、係仕事は？」

やがて登校してきた凪咲ちゃんは、私を見て不思議顔。

「凪咲ちゃんおはよ！　すみれちゃんが復帰したから、あとはお願いしちゃった」

「えー、そうなの？　てかさ、今まで頑張ってたんだから心菜もやったらいいのに」

「でも、すみれちゃんに悪いし」

「もー、心菜はお人よしだなあ」

すみれちゃんと交代した本当の理由を知っている凪咲ちゃん。

あっさり身を引いた私に、渋い顔を見せる。

「怜央くんは、きっと心菜と最後まで一緒に仕事したかったはずだよ」

「な、凪咲ちゃん……っ」

肘でツンツンと私をつつく彼女は、怜央くんとの日頃のやりとりを見てはニヤニヤしてくるから、そのたびにどんなリアクションを取ったらいいのか困るんだ。

期待させるようなことを言われると……ほんとに期待しちゃうから。

そんなことあるわけないのに。

「じゃあ仕事なくなった代わりに、いっぱい写真撮ったりして楽しもう！」

「うんっ！」


結局じゃんけんに負けて、今年も借り物競争になってしまった私。

お題は「緑のハチマキ」。水色チームなので緑チームにお願いしに行くのはつらかったけど、完全アウェイの中、心優しい人が貸してくれて、なんとか必死で走ってビリは免れた。

クラス対抗の綱引きだって手の皮がむけるんじゃないかってくらい頑張ったし、十五人十六脚も息ピッタリで学年トップでゴール。

応援にも声を張り上げすぎて、午前中なのに水筒の中身は空っぽになってしまった。

ここまで我が三組は学年で二位。

全体でも、水色チームは三位につけている。

午後になり、男子の徒競走の時間がやってきた。

徒競走は本気の戦いだから、ほぼ足の速い人がエントリーしている。

「きゃあ～！」

「先輩こっち向いてくださ～い！」

運動部の選手が多く出場する花形種目のため、女の子たちはスマホ片手に声援を飛ばしている。

うちのクラスからは怜央くんと大和くんはもちろん、運動のできる男子が多数出場する。

すみれちゃんも、藤谷さんと一緒になってきゃっきゃと騒いでいた。

「怜央くんあそこにいたよっ！」

「きゃ、ほんとだ！」

楽しむのはいいけど、少し気がかりなことがあった。

……すみれちゃん、次仕事なんだけど覚えているかな……。

委員は競技中も仕事があり、すみれちゃんは男子徒競走の着順をチェックする係になっているのだ。

私はリハーサルもやったから動きはわかる。

すみれちゃんには、少し早く行って説明を受けるように言っておいたのに。

選手が入場を始めても、すみれちゃんは持ち場につく気配がない。

むしろ、怜央くんを見つけたようで、スマホをかざして撮影に必死だ。

「いい写真撮れたかも！」

「わ、ほんとだ！」

係のこと、忘れちゃったのかな。

どうしよう、もうすぐ始まるのに。

……ダメだ、言わないと。

そう思ったときだった。

「あーいたいたっ！　心菜ちゃん次当番だよ！　何してるの⁉」

同じ持ち場の別のクラスの委員の子が、私を呼びに来たのだ。

「えっ、私は……」

「ほら早く早く！」

すみれちゃんが復帰したことを知らないその子は、私の腕を引っ張って連れていこうとする。

ど、どうしよう！

声もかけずにこのまま私が仕事をしてしまってもいいのか、少し罪悪感もある。
けれど。
「まもなく、第一レースがスタートします！」
……もう事情を説明している暇はない。
私はそのまま持ち場まで走っていった。
「これゼッケンだよ！」
「うんっ！」
『1』と書かれたゼッケンをつけて、スタンバイ。
私は一位の選手を誘導する係。
ちょうどそのときレースがスタートした。
さすが本気の勝負だけあって、全校生徒が一丸となって盛り上がる。
歓声はものすごい。
でも、私はレースを楽しむ余裕はなかった。
一位と二位が僅差《きんさ》だったりする場合もあるし、しっかり見ておかなきゃいけない。
順位をめぐってケンカに発展する……なんてこともあったみたいだから。
着順係は結構プレッシャーなのだ、一位はなおさら。
順調に仕事をこなしていくと、レースは一年生から二年生へと変わった。

そして。

次、怜央くんだ……。

スタートラインに立つ水色のハチマキの彼を見て、胸がドクドクと速くなる。

怜央くんのレース、しっかり目に焼きつけたいけど。

私は一位の選手を見間違わずに誘導することだけを考えないと。

――パンッ！

怜央くんを含めた八人の選手が一気に飛び出した。

ここまでもそうだけど、さすが足の速い選手が集まっているだけに接戦だ。

ほぼひと塊になっている中での先頭は、今のところオレンジ色のハチマキ。

でも最後までどうなるかわからない。

怜央くん頑張って……！

心の中でそう祈りながらも、ゴール地点の真横に立って、ゴールテープを切る選手だけに意識を集中させた。

「わ～～‼」

「きゃあああっ‼」

歓声がワッと大きくなった。

そして数秒後。

胸でゴールテープを切ったのは、水色のハチマキ……怜央くんだった。

「やった！」

小さく歓声を上げて、私はすぐに飛び出して、怜央くんの手を掴む。

「怜央くん一位だよ！　おめでとう！」

肩で大きく息をする彼。

流れる汗は、力を出しきった証。

いつもよりも何倍もカッコよく見えた。

同じ水色のハチマキをつけている、そんなことでさえうれしい。

そして、私が一位の誘導をできることがすごく幸せ。

手を掴んだまま一位の場所に誘導すると。

「はあっ……なんでっ……心菜が……っ」

息を切らした怜央くんは目を丸くしていた。

怜央くんは当番を変わったのを知っているから、私が仕事をしているのを不思議に思ったんだろう。

「ほ、ほら、私のほうがリハもしてるからわかりやすいかなって、これは私がやることにしたの」

とっさに口から出たのはそんな言葉。

本当のことは言いにくくて。

「そうなんだ、お疲れ！」

なんの疑いもしない怜央くんは、私の頭にポンポンと手を乗せた。

わわっ。

そんな仕草に胸がきゅんとして、肩をすくめた。

お疲れなのは怜央くんのほうなのに……。

「心菜が一位の担当なら、なおさら一位取れてよかったわ」

ドクンッ。

その笑顔は太陽に照らされていて。

誰よりもキラキラと輝いていた。

レースがすべて終了し、当番が終わるとそのまま水道に向かい、蛇口をひねって口を近づけた。

流れる水をゴクゴクと喉へ流し込む。

着順係って結構体力仕事だったな……。

喉はカラカラだし、声も少し掠れている感じがする。

「ふーっ」

喉を潤して一息ついたところで。

ズキンッ――。

「……っ」

突然、声を発するのもつらい痛みが頭を突き刺した。

一瞬立っているのもつらく、片手で水道の縁に手をつく。

なんだろう、この痛み。

そういえば、前にもこんなふうに痛くなったことがあったっけ。

たしか、始業式の日に。

あのときは疲れから来た痛みだと思っていたけど、そういうのとはやっぱり違う気がする。

病気じゃ……ないよね？

二度も起きると不安になってくる。

「宮内さん」

と、名前を呼ばれて後ろを振り返ると、そこにいた人の姿に顔がこわばった。

それは藤谷さんで。

私に向かって腕を組みながら、冷ややかな視線を投げていたのだ。

頭の痛みは一瞬にして霧のように晴れ、心臓がドクンッと音を立てる。

……私に、何か用？

その表情から、穏やかな話だとは推察できない。

「ねえ、これ宮内さんだよね」

おもむろに見せられたのはスマホ。

そこには、怜央くんの手を掴んで誘導している私が写っていた。

そのまま画面をスライドさせれば、怜央くんが私の頭の上に手を乗せているものもある。

……やだ。

どうしてこんな写真が……。

よく見ると、それはすみれちゃんが愛用しているピンクのケースに入ったスマホだとわかった。

おそらく、怜央くんをずっと追っていたら、こんな写真も撮れてしまったんだろう。

何も弁解の余地もなくて、口をつぐむ。

「これさ、すみれの仕事だったんじゃないの？」

「あ……それは……」

どうしよう。

語彙もきつく、完全に怒っている様子。

「なんですみれの仕事奪って、怜央くんとイチャイチャしてんの？」

「……っ」

イチャイチャって。

そんなつもりはまったくないのに思わぬことを言われ、言葉を失う。

でも。すみれちゃんの想いを知ってる藤谷さんは、怜央くんとすみれちゃんが本来こうなれるはずのところ、私のせいで……と思ってるのかもしれない。

「ご、ごめんなさい……」

そのことに関しては謝るしかなく、素直にそう口にすると、藤谷さんはさらにずいっと私に一歩迫ってきた。

「ねえ、宮内さんてもしかして――」

「ごめんお待たせっ！」

そこへ割り込むように走ってきたのはすみれちゃんだった。

どうやらすぐそばにあるトイレへ行っていたようで、藤谷さんはすみれちゃんを待っていた様子。

それで彼女のスマホを預かっていたのなら、それも納得。

ちらっと藤谷さんの横顔を見たすみれちゃんは、何かを察したのか、

「心菜ちゃんごめんねっ、私、自分の仕事を忘れちゃって」

申し訳なさそうな顔をして、頭を下げてきた。

てっきり、彼女にも文句を言われると思っていたから少し拍子抜け。

「う、ううん……私のほうこそごめん……。一緒の係だった子が呼びにきちゃって、それで……」

藤谷さんの目が怖くて、チラチラ彼女に視線を送りながら正直に伝えた。

「そうだったんだね、本当にごめんなさい」

「……ったく」

イライラしたような表情で、藤谷さんはスマホをすみれちゃんに押しつけると、踵を返した。

「残りの仕事は、ちゃんと忘れずにやるね」

もう一度「ありがとう」と言うと、すみれちゃんはそんな彼女のあとを追いかけていった。

……ふぅ。

怒られちゃった……。

でも、当の本人のすみれちゃんに言われたわけじゃないのがせめてもの救い。

やっぱり藤谷さんは苦手だな……と思っていると。

ふわりと頭の上に手が乗せられた。

「どうしたの、ぼーっとして」

「れ、怜央くんっ！」

それは、今退場したばかりの怜央くんだった。

「係仕事お疲れ様」

太陽みたいな眩しい笑顔に乗せられたねぎらいの言葉に、胸がきゅんと音を立てた。

藤谷さんに怒られて沈んでいた気持ちなんて、いっぺんに吹き飛ぶ。

「怜央くんのほうこそお疲れ様！　それと、一位おめでとう‼」

最初から飛ばしての一位じゃなく、最後接戦をものにしたレースということもあって、ものすごく盛り上がっていた。

またこれで、怜央くんの人気がさらに上がるんだろうなぁ。

一位はうれしいけど……なんだか複雑……。

「てか心菜、男子の手、握りすぎ」

「へ？」

なんのことだろう。思わず首をかしげる。

「一位になったヤツら。列に連れてくたびに手を握ってただろ？」

思わぬことを言われ、キョトンとする。

私の動作を見られていたなんて……。

着順係は、間違いがないように声をかけるだけではなく、ちゃんと触れて確認するように指導されていた。

人によっては、肩に手を添えたりTシャツの袖を引っ張ったりしていた人もいた。

私は一位担当ということもあって、絶対に間違えちゃいけないプレッシャーから、とにかく腕を掴んで離さないことに意識が集中していたのだ。

「こうやって、さ」

怜央くんは、それを再現するように私の手首を握った。

「……っ」

さっきは私が怜央くんの手首を掴んだけど、今度は逆。

大きくて、少し汗ばんだ熱を持った手が私に触れてドキッとする。

「あ、うんっ……。ま、間違えちゃいけないし、ただ夢中で……」

でも、男の子からしたら嫌だったのかもしれない。

もしかして、怜央くんも嫌だったのかな。少し心配になりながら見上げると。

「なんかムカついた」

へっ？　ムカついたって、私に？

やだ。私、今怒られてるのかな……。

ムカつかれるほど嫌だったなんて、ちょっとショック。

自分の仕事を否定されたようで、自然と顔が下向きになったとき。

「触られてる男たちに」

「え……」

思わぬことを言われ、パッと顔が上がったと同時に心臓がバクンッと跳ねた。

心なしか、怜央くんの顔がほんのり赤い気がする。

それって、それって……。

ヤキモチをやいたってこと？

「なーんてな、ウソだよウソ！」

すると、怜央くんは表情を崩してははっと笑った。

もう……びっくりした。

からかわれただけか。

そもそも、怜央くんが他の男の子に対してヤキモチをやく必要なんてないよね。

ふっと肩の力が抜けて、私の頬も上がったとき。

「一生懸命仕事してた証拠だよな」

次の瞬間、優しい瞳に変わった。

ドクンッ。

穏やかに、私をまっすぐ見つめる瞳。

怜央くんのその表情は、いちいち破壊力があって心臓が持たないんだってば……。

「一位取れたのさ、心菜のおかげだよ」

「えっ、私？」

「俺さ、最後のコーナー曲がるとき足がもつれそうになったんだ」

「そうなの？」

そんなふうに見えなかった。

最後に余力を残しての、予定どおりの一位だと思っていたから。

「そしたらさ、直線に入ったときに心菜が見えて」

……私？

「一位のゼッケンつけた心菜が目に入って、一位でゴールしたら心菜んとこに行けるって思ったら、また足が動いたんだ。だからさ、一位取れたのは心菜のおかげ」

……やだ。怜央くん……。

そのうえ、そんなこと言われたら、もう……。

「そ、そんなことないよっ……怜央くんの実力だよ……」

心臓は破裂寸前で、声を発するのさえ精一杯。

怜央くんは、こんなことを言って私の心がかき乱されるなんて微塵《みじん》も思っていないんだろうな。

普通だったら勘違いしちゃうよ。

それとも、そうしていいってこと……？

「サンキュ。どっちにしても、ゴールに心菜がいてくれてよかった」

なんてまた私をドキドキさせる怜央くんは、本当に罪深い男の子だと思った。


「やったー優勝だーーー！」

「こんな最高な体育祭初めてだぜ！」

私たちの三組は、学年優勝を収めた。

色別でも水色が優勝して、総合優勝を果たしたのだ。

一年のときには順位争いに絡めなかったからすごくうれしい。

体育祭でこんなにすがすがしい気持ちなのは、初めてかもしれないな。

クラスの結束も強くなったし。

声もよく出ていてみんな積極的に応援していたし、改めていいクラスだと思った。

教室に戻ってもクラスメイトたちの熱は冷めることなく、委員のふたりはとくにねぎらわれていた。

「委員が準備とか頑張って盛り上げてくれたおかげだよな！」

「ふたりに感謝だな！」

「ほらほら、怜央前に出ろよ！」

「すみれもー！」

怜央くんとすみれちゃんは、クラスメイトたちから英雄扱い。

そんな声に押されて、照れながらもふたり揃って前へ出る。

本当にそのとおり。

体育祭の成功は、実行委員のおかげといっても過言じゃない。

少し手伝わせてもらい、裏でいろいろと準備してくれていたことを知ったから素直にそう思う。

事前にたくさんの準備をしてくれたふたりに、私も感謝の気持ちでいっぱい。

前に出たふたりは、ほんとに輝いて見えた。

怜央くんはカッコいいし、すみれちゃんはかわいい。

……こうしてみてると、ふたりは本当にお似合いで胸がチクリと痛んだ。

「改めて、実行委員のふたりに～拍手……」

「ちょっと待った！」

音頭を取った男の子の声に、両手を上げて制止をかけたのは、怜央くんだった。

「なんだよ～」

これから最高潮の盛り上がり……というところで主役から水を差され、口をとがらせる男の子。

沸き起こっていた拍手もやみ、静まり返る教室。

すると、

「心菜」

怜央くんが私の名前を呼んだのだ。

え……何？

クラスメイトの視線も一斉に私に向けられる。

「心菜もこっち来いよ」

何を思ったのか、怜央くんはそう言って手招きをしてくる。

え、私？　どうして？

突然の指名。わけがわからない。

「ほら、心菜行きな」

そんな中、凪咲ちゃんから背中を押されながら私は前へ。

キョトンとしながら怜央くんの近くまで行くと。

「もうひとり、心菜も三人目の実行委員として頑張った」

れ、怜央くん⁉

みんなの前で大声でそう言い放つから、びっくりする。

「昨日も遅くまでテント張りやライン引きを、汗だくになりながら頑張ってた」

……見てて、くれたの？

思わず怜央くんを見上げる。

「そういえば、徒競走でも係やってたよな？　俺、心菜ちゃんに誘導されたし」

その声は、徒競走で一位を取った大和くん。

「あー、やってたな！」

「そういえば、すみれちゃんの穴埋めてたもんねー」

「うん。放課後とか残って作業してたの知ってる！」

なんて声があちこちから聞こえてきた。

……みんな、知ってくれていたんだ。

怜央くんは頷く。

「だから、心菜にも拍手してやってくれよ」

怜央くんがそう声かけすると、どの顔も深く首を縦に下ろしていた。

胸がジーンと熱くなる。

「よっしゃ！」

「心菜！　心菜！　心菜！　心菜！……」

すると、誰かが音頭を取り始めて、沸き起こる心菜コール。

……っ。

今まで目立つことなんてなかった私が、こんなに注目を浴びて恥ずかしいけど。

それにも勝る感情は、うれしいの一言。

大げさじゃなくて、本当に心が震えるほどうれしかった。

みんなの役に立てたことが。

みんなが認めてくれたことが。

「お疲れ」

私の隣では、怜央くんがクシャクシャと頭を撫でてくれて。

私はみんなの言葉と怜央くんの優しさに、思わず泣いてしまった。

「……っ、うっ……」

「泣くなよ心菜ー」

「だって……うれしくて……っ」

頑張ってよかった。

クラスのために貢献するって、こんなにも気持ちのいいものだったんだ。

そして、怜央くんの優しさにも触れて。

また……彼のことが大好きになった。

Chapter 2

ドキドキとモヤモヤ

今日も【木いちご】のサイトにログインした。

現実世界では、小説の中身と少し違うほうに行きかけたけど、体育祭を一緒に成功させることができた。

そう考えたら、途中の展開にズレはあっても、行きつく先は私の描いたとおりだったわけで。

面白いけど、やっぱり少し怖い。

書いたことがそのとおりになるなんて、少し前にはやったホラー映画みたい。

でも……。

このまま自分に都合のいい展開を書き続けたら、私と怜央くんが付き合えるんじゃないか、なんて期待も膨らんでくる。

願えば叶う……みたいに、何か不思議な力が味方してくれていたりして。

そう思ったら、早く続きを書きたくてたまらなくなる。

今後の展開はどうしよう。

ライバルに、先に告白させちゃおうか。

でもまさか、そこで付き合ったら話が終わっちゃうから、ライバルには涙をのんでもらわなきゃね。

そしてヒロインに告白させるの……？

でももっと、ふたりを接近させるようなエピソードを作ってからじゃないと唐突すぎるかな。

付き合う前に、どこかに遊びに行かせる……？

告白はどっちからにしよう。やっぱり、ヒーローからのほうが愛され感が増すよね。

私の願望でもあるし。

それから、ヒーローはイケメンだから、付き合ったあとにファンの子たちからのやっかみを受けたり、また一波乱起こす……？

書きたいことがありすぎて、画面に指を乗せたらスラスラと文章が浮かんできた。

体育祭が終わると、クラスの空気に覇気がなくなった。

みんな、気が抜けてしまったのだ。

私ももれなくそのひとり。

そんなとき「夏休みのことを考えたら頑張れるだろー」なんて怜央くんが言い、もう来月には夏休みに入るんだと驚いた。

年々、時間が過ぎていくのが速く感じる。

こんなふうに楽しい高校生活も、アッという間にすぎてしまうんだろう。

でも、その前に期末テストだー、なんて言った誰かの言葉に一気に現実に引き戻されたんだけど……。

「心菜、怜央くんのこと彼氏候補として見れるようになった？」

相変わらず、凪咲ちゃんの怜央くん推しは根強い。

「見たところで、向こうにお断りされるだけだよ……」

できることなら私だって彼氏候補にしたい。

けれど、そんな上から目線なものじゃなくて、これはただの片想い。

「もー、心菜のことだから、どうせ私なんかがとか思ってるんでしょ」

ううっ。ズバリ言い当てられて、私は言いよどむ。

付き合いが一年になる凪咲ちゃんには、すっかり私のことはお見通しのようだ。

「超イケメン芸能人だってひとりの人間で、この子だっ！て心にビビッときた子に恋するんだよ？　怜央くんだって同じ。どんなに高嶺の花だって、恋に落ちるときは落ちるの！」

……なんのたとえ？

「てか、私にはわかるよ！」

力説する凪咲ちゃんの言いたいことがイマイチ掴めない。

「見てればわかるんだもん」

すると急にお姉さんのような口調になり。

「心菜が怜央くんを見つめる目が、恋してる目だってこと」

「……！」

私は凪咲ちゃんのブレザーの袖を掴むと教室の端まで連れていった。

「ねぇっ……！　それ、怜央くんにバレてないよね!?」

ゴクリ。

目を見つめながら唾を飲み込む。

「きゃ、認めた認めた！　心菜ってばかわいい～」

「ちょっ……！　真面目に聞いてるんだけど……！」

ちゃんと隠していたはずなのに。

そんなに顔に出てたのかな。

「私が思うに、怜央くんに今一番近い女の子は心菜だよ。それって、怜央くんのハートを射止めるのには超有利だと思わない？」

「……そんな都合よくいくわけないよ」

「都合よくいくんじゃなくて、いかせるの！　なんなら私いつでも協力できるし！」

「協力って……」

「忘れたの？　怜央くんの親友は大和。大和の彼女は私だよ？」

へへんっ、と得意げに胸を張る凪咲ちゃん。

……なんだかもう、嫌な予感しかない。

それでも、こんなに強力な味方がいるのは、うれしいことには変わりなかった。


数日後。

今日の放課後は、凪咲ちゃんとケーキを食べに行くことになっていた。

電車に乗って二つ目の駅から降りて十分くらい歩いたところに、オシャレなケーキ屋さんができたのだ。

オープンしてまだ数ヶ月なのに、雑誌に載るくらい有名なお店。

放課後なんて入れないいんじゃないかなと心配していたら、なんと凪咲ちゃんが予約までしてくれたみたい。

さすが凪咲ちゃんだ。

そして、放課後――。

「え……」

私は、てっきり凪咲ちゃんとふたりで行くものだと思っていたのに。

「よっしゃ！　行こうぜー！」

やる気満々の大和くんと。

「スゲー楽しみ」

コーヒーはブラックしか飲みません！みたいな顔してるくせに、満面の笑みの怜央くん。

そういえば、今日は部活が休みだ、なんて話していたけど……。

「ね、ねっ。もしかして大和くんと怜央くんも行くのっ？」

凪咲ちゃんの腕を引っ張り、小声で尋ねる。

「行くよー」

「聞いてないよっ」

「言ってないもんっ」

「うっ……」

これは絶対、凪咲ちゃんに仕組まれた。

だけど男の子たちと一緒にケーキ屋さんって。

凪咲ちゃんが無理に付き合わせたのかもしれない。

せっかく部活がお休みだっていうのに、迷惑じゃないかな。

そればかりが心配になった。

……あ。

みんなの背中を追いかけながら、私はあることに気づく。

もしかして、これは私が小説に書いたあれ……？

ヒロインとヒーロー、その友達カップルの四人で、カラオケに行くという場面を書いていたんだ。

友達カップルというのは、もちろん凪咲ちゃんと大和くんをイメージしたもの。

現実では、カラオケじゃなくてケーキ屋さんだけど。

じゃあ……これは私と怜央くんが付き合うまでの道へ近づいてたりする？

……なんて考えたらドキドキしてくる。

またしても自分に都合よく物事が展開し、そう思ったら足どりも軽くなった。

ケーキ屋さんの店構えは、森の中に突如現れたカフェみたいな感じで、緑がたくさん植えられていた。

外観もかわいくて、見ただけでもワクワクしてくる。

入った瞬間にバターのいい香りが嗅覚を刺激した。

予約席に案内された私たち。

いつからこんな計画を立てていたんだろう？なんて凪咲ちゃんの行動力には脱帽だ。

店内には何組か女性のお客さんがいたけれど、揃ってこっちを見ている。

ぱあっと目を輝かせて。

きっと、怜央くんと大和くんを見て「カッコいい」とでも言っているんだろうなあ。

ケーキ屋さんで、こんなに注目を浴びたのは初めてだよ。

もちろん、私が見られているわけじゃないのはわかっているのに、なんだか落ちつかない。

「ご注文はお決まりですか？」

かわいいメイド服みたいなコスチュームのお姉さんが注文を取りに来た。

「先どうぞ」

レディファーストを促してくれた大和くんに軽く頭を下げて、私と凪咲ちゃんは頼みたいケーキを口にする。

「ケーキセットで、イチゴのショートケーキとアイスミルクティーお願いします」

「私もケーキセットで、抹茶のシフォンとカフェオレで」

私はイチゴのショートケーキに目がないんだ。

ショーケースに並んでいるショートケーキのイチゴはすごく大きくて、宝石みたいにキラキラしていた。

どんな味なのか本当に楽しみ。

「じゃあ俺、モンブランにチーズケーキにガトーショコラ」

ん？

「俺はえっと……シュークリームにフルーツタルトにミルクレープ」

んん？

大和くんと怜央くんは、当然のようにケーキを三つ注文するけど。

なんだろう、そのお寿司みたいな頼み方。

普通一個じゃない？

ポカンとしていると怜央くんと目が合った。

「何？」

「えっ、すごい食べるなぁと思って……」

「そう？　俺らならこれくらい普通だよ」

ニコッと言われて、そういうものなのかと納得するしかない。

「じつはさ、ここに来たがったのは、このふたりなの」

ちょっと呆れたように凪咲ちゃんが言う。

え？　そうなの？

「連れてけ連れてけーってうるさくて。ここの予約取るの大変だったんだからね！」

「はいはい、感謝してます」

大和くんはおどけたようにお辞儀する。

「俺らすっげー甘党なんだけど、男ふたりでこんなかわいい店に入るとかキモイだろ？　だから凪咲に頼んだんだよ」

そうだったんだ。

それなら無理に付き合わせたんじゃなくてよかったと思って頬を緩めると、目の前に座る怜央くんと、パチッと目が合った。

「女子会にお邪魔しちゃってごめんな」

「ううんっ……」

私のほうこそ。

怜央くんが行きたかった場所に私は参加させてもらえているんだ……そう思ったら、なんて素敵な時間なんだろうと思った。

やがて運ばれてきたケーキ。

怜央くんと大和くんの前には、三つのケーキ。

デコレーションがかわいいから並んでるのを見ているだけでもテンションが上がる。

私も、もっと頼めばよかったかな。

でも、そんなに食べるお腹の余裕は私にはない。

「大和、一口ずつ味見させて」

そう断りを入れた凪咲ちゃんは、彼のケーキにフォークを入れていく。

わあ、カップルって感じ。

こういうのこそ、彼女の特権。単純にうらやましいなぁと思う。

「おいしいっ！」

口の端にクリームをつけて目を輝かせる凪咲ちゃんを微笑ましく眺めていると、

「心菜も怜央くんのもらったら？」

とんでもないことを言うから慌てた。

「えっ⁉　私はいいって……！」

私と凪咲ちゃんは違うんだから！

凪咲ちゃんは大和くんの彼女だからいいけど、私が怜央くんのケーキを一口もらうなんてありえない！

一口ちょうだい……がダメな人だっているんだから！

すると、三つのお皿がスッと私の前に差し出される。

「いいよ。好きなだけ食べて」

整いすぎた顔で怜央くんに微笑まれて、心臓がバクンッと鳴った。

「だ、大丈夫です……」

私、そんなに物欲しそうにしてたかな……。

「遠慮すんなって。ほら」

「……」

「ほーら」

怜央くんは、さらにお皿をずいっと寄せてくる。

「ほ、ほんとに……？」

「どーぞ」

「じゃ、じゃあちょっとだけ……」

必死で拒否しても空気が読めない人になりそうで、ドキドキしながらミルクレープにフォークを入れた。

「なんか初々しくていいな～」

チラッと視線を上げると、ニヤニヤしながら私を見ている大和くんが……。

こういう突っ込み、ほんとに心臓に悪いんですけど。

大和くんももしかしてグルだったりするの？

「……いただきます」

それでも平静を装って、パクッとケーキを口に入れたところで。

「心菜ちゃんって、男に免疫ないだろ」

「……っ……！」

またまた大和くんがヘンなことを言うから、思わず喉を詰まらせそうになった。

慌ててアイスミルクティーのストローを口にくわえて、ごくごくと飲む。

「顔真っ赤だし～」

「……‼」

凪咲ちゃん助けて……！と、彼氏の暴走をどうにかしてもらおうとしたのに。

「ねー、かわいいでしょ～。こんな心菜に彼氏がいないのが不思議だよね～」

な、凪咲ちゃん⁉

私は真っ赤になりながらうつむくしかない。

そんな私を笑って見ていた怜央くんは、どう思っていたんだろう。

よく喋る大和くんがいたからか、あっという間に二時間くらいたってしまい、お店を出るとあたりはもう真っ暗だった。

「暗いんだから、ちゃんと心菜のこと送っていってあげてね」

「ああ、わかった」

え？

怜央くんは、今日は自転車じゃなくバスで来たみたい。

だから、帰りもすぐ近くのバス停から乗るものだと思っていた私は焦る。

「大丈夫だよ！　駅すぐそこだから！」

「怜央くん、よろしくね？」

なのに私の言葉を遮る凪咲ちゃんは……ものすごく楽しそう。

ちょっと、凪咲ちゃーーーーん！

心の声で叫ぶけれど。

「しっかり送るんだぞ！」

なんてお父さんみたいな口調で大和くんも言い。

「ラジャー！」

なぜか怜央くんまでノリノリで、私はなす術もない。

「じゃーねー、また明日～」

「おう、明日な～」

途中まで一緒に行けばいいのに……という素朴な疑問は、ふたりが恋人同士だから飲み込んで、その場で凪咲ちゃんたちとは解散した。

残された私と怜央くんは、少し遅れて歩き出す。

「なんかごめんね。凪咲ちゃんが強引にあんなこと言うから……」

今日は凪咲ちゃんの策略にまんまとハメられている。

けれど、なんだかんだ言って感謝していたりもする。

だって。

じつはこの帰り道も、私が小説に書いた展開と一緒で。

怜央くんには申し訳ないと思いながらも、頬が緩んでしまう。

「全然いーよ」

本当は面倒なはずなのに、笑顔でそう言ってくれる怜央くんの優しさはどれだけ神がかっているんだろう。

「あー、お腹いっぱい。夕飯食べれないかも」

「俺は全然余裕」

「ほんとに？　あれだけ食べたのに？」

「でも財布の中身は余裕なくなったけどな」

たしかに。ケーキは決して安くない。

高校生の私たちにはちょっと痛い出費だ。

「日ごろ頑張ってるご褒美だな」

「ははっ、怜央くんて面白いね」

ご褒美、だなんて。

まるで女子みたいな発言に笑っていると、ふいに怜央くんが足を止めた。

「ごめん、電話だ」

ポケットから取り出したのはスマホ。

闇の中でバイブ音とともにブルーのライトが点滅していた。

画面を見た怜央くんは、チラッと私に目をやって。

「もしもし?」
二、三歩私から離れて応答した。
聞かれたくない内容なのかもしれない。

だから聞いてないアピールをするように、私もスマホを取り出してポチポチといじってみるけど……意識は怜央くんの声に集中してどうしようもない。

「え、マジで?」

声のトーンが変わったから、さらに。

その顔は険しく、どこか焦っているようにも見える。

……何か、あったのかな。

「わかった、そこで待ってて」

そんな言葉に、ズキンと痛む胸。

今の言い方だと、怜央くんは行ってしまう。

それが簡単に予測できたから。

結局、私はそのまま怜央くんの顔をじっと見つめていて……。

通話を終えた怜央くんと、瞳と瞳がぶつかった。

なんだか、ものすごく寂しそうに見えたのは、私の勘違い？

「どうか、したの？」

私から声をかけたのは、とても言い出しにくそうな雰囲気が出ていたから。

きっと、ここから去ってしまう。だからこそ。

「悪い、急用ができちまった……」

「そっ……か……」

まただ。

小説に書いたように、いい感じの展開になったところで、暗雲が立ち込める。

同じようで、同じにはならない。

「送ってやるっつったのに……」

「私は大丈夫だから、行って？」

「おう。暗いし、気をつけて帰れよ」

「うん。ありがとう」

私は後ろ髪を引かれる思いで、去っていく怜央くんを見送った。


翌日。

「ほんとに？」

「うんっ」

浮足立ったようなすみれちゃんと藤谷さんの会話に、私は敏感に反応した。

すみれちゃんがあんなにうれしそうなのは、怜央くんのこと以外に思えないから。

「怜央くん、すぐ来てくれたんだ」

その予感は的中。

しかも、話の内容に胸がザワついた。

すぐに来てくれたって……。

昨日の電話、もしかしてすみれちゃんだったの？

話の内容から、そうだと思わざるを得ない。

すぐに来てくれたということは、あのとき電話で呼ばれて、すみれちゃんのところへ行ったとしか考えられない。

怜央くんとすみれちゃんはどんな関係なの？

「怜央くん、昨日の夜はありがとう」

「お、おう……」

夜……間違いない。

あの時間に呼ばれてすぐに駆けつけるなんて。

ふたりの関係が気になってしょうがない。

ねえ……昨日の夜……何があったの……？

「昨日はごめんな」

その直後、怜央くんの言葉が向けられたのは、私だった。

「えっ、」

思わず肩を揺らしてしまう。

まだすみれちゃんと話してると思ってたから。

突然私のほうを向かれても、さっきの内容を耳にしたばかりで、いつもどおり対処できない。

私の知らないふたりの関係が、胸の中でモヤモヤし続けている。

「あー、やべえ。英語の課題忘れた。心菜、見せて」

なのに怜央くんの口調も態度もいつもどおり変わらなくて。

「う、うん……」

差し出したノートを写すその横顔を、胸がつぶれる思いで見つめるしかなかった。


それから数日後。

「ああもう、私ってば何やってるんだろう……」

さっきの時間は、視聴覚室で英語の授業だったんだけど、机の中に教科書やノート一式を全部置いてきてしまったのだ。

一緒に教室へ戻っていた凪咲ちゃんに『あれ？　教科書は？』って突っ込まれてやっと気づいたくらい。

手ぶらで教室に帰ろうとするなんて、どれだけマヌケなんだろう。

はぁ……とため息をつきながら来た道を戻る。

視聴覚室に戻り開きっぱなしの扉から部屋の中へ入ろうとしたとき、その声は聞こえた。

「怜央くんのことが好きなの」

え……？

聞いてはいけない、でも聞き逃せないそんな言葉に、心臓がドクンと飛び跳ねる。

誰か、怜央くんに告白しているの……？

「一年生のときからその……ずっと好きで……」

その声に、私はハッと顔を上げた。

心当たりのある声だったから。

……もしかして、すみれちゃん？

ううん。もしかしてじゃなくて、かわいらしく甘くて細いこの声はすみれちゃんに間違いない。

一瞬にして、焦燥感に襲われる。

小説に書いたのと一緒。先を越されてしまった。

絶対に言わせてはいけない相手に、先に言わせてしまった。

自分にチャンスがあるとは思っていないけど、それでも一番言わせてはダメな相手だと、本能で思っていたから。

そうだったんだ……すみれちゃん、そんなに前から怜央くんを。

私が知るよりもずっと、前から。

「私と、付き合ってください……」

もうやだ。どこまで書いたことと一緒になればいいの？

こんなことなら、小説なんて書かなきゃよかったよ……。

胸の前でこぶしを作り、きつく目を閉じた。

空気がピンと張り詰めているかのよう。

まとう空気は冷たく感じ、呼吸するのさえ忘れ、次の言葉に耳を澄ませた。

沈黙が続く。

それはものすごく長い時間に思えた。

しばらくして聞こえた怜央くんの第一声は。

「すげえ……うれしい」

──ズキンッ。

そう、だよね……。

天使みたいにかわいらしいすみれちゃんに告白されたら、誰だってうれしいに決まってる。

断るわけがない。

あの夜すみれちゃんに呼ばれてすぐに向かったのは、怜央くんもすみれちゃんを好きだったから……。

これは、私の書いた小説の展開とは違うけど、まさか、この期に及んでまで自分の妄想どおりになんかなるわけないんだ。

ＯＫして当然だよ。あの、すみれちゃんからの告白なんだから。

あ、やだ……。

体が震えて、目の前が滲んできた。

「……っ」

このままここにいる勇気なんてなくて。

足音を立てないように、その場からそっと去った。

徐々に足を速めて……走り出すと涙が頬に流れた。

怜央くんと仲よくしていられる今の状況に甘えて。

その関係が壊れるのを恐れて、私は一歩先へ進む努力をしなかった。
私がもっと早く勇気を出せていたら……違っていたのかな。
私が彼女になれていたかな。
でも、今さらそんなこと言ってもどうにもならないし、そんなことにもならない。
きっと、すみれちゃんだったからだ。
怜央くんが告白されるなんて日常茶飯事で。
今まで誰の告白もOKしなかった怜央くんが、素直にすみれちゃんの告白を喜んだ。
それはやっぱり、すみれちゃんだから……。
「うっ……ううっ……」
中学生のときの苦い思い出がよみがえる。
関係が壊れるのを恐れて、今のポジションに甘んじて。
その結果、勇気を出した女の子に神様は微笑んでしまった。
こんなことなら、気持ちを伝えて振られたほうがよかったのかもしれない。
私はいつだって、後悔ばっかりだ……。
だんだん足が重たくなり、ゆっくりゆっくり歩いていると。
「あれ？　心菜ちゃんじゃん？」
廊下の角で鉢合わせたのは大和くんだった。

そして、私の顔を見て目を見開く。

あっ、やばい。

とっさに顔を背けたけど、もう遅かった。

「どうしたの？」

「……っ、なんでもないっ……」

声を出して、自分の声が鼻声になっているのを知った。

否定したところで、バレバレだ。

「……なんでもなくないじゃん、泣いてるじゃん」

……やっぱり。

でも、その声があまりに優しいから。

さらに私の涙腺は刺激され、涙が余計に溢れてきてしまった。

「……っ……うっ……」

結局、私はその場で両手で顔を覆って泣いてしまった。

大和くんは、そんな私の肩に手を添えてくれた。

何を聞くでも何を言うでもないけど、なんとなく私はその手に気持ちを委ねてそのまましばらく泣いていた。

「どう？　落ちついた」

「……うん」

涙って、ある程度流すと落ちつくんだ……。

高まっていた気持ちも落ちつき、涙もすする程度になってきたころ、大和くんはようやく私の肩から手を離した。

「言えねえこと……？」

「……ごめんね」

「わかったよ。人には言いたくないことのひとつやふたつあるもんな」

いつもの調子からして、あれこれ聞かれることを覚悟していたのに。

とても神妙な顔をして、私の心に寄り添ってくれた。

「でももし、話したくなったらいつでも聞くから言ってよ」

普段はチャラチャラしていることが多いのに、今はすごく優しい。

こんなところに凪咲ちゃんは惹かれたんだろうな。

「あの……このこと……」

「心配すんなって。凪咲にも怜央にも、俺からは何も言わないから」

「……ありがとう」

「俺に話せなくても、何かあったら凪咲には相談しろよ？　あいつ、本気で心菜ちゃんのこと好きだから。俺、時々妬《や》けんだよ」

そんなことを言うから、ふっと笑みがこぼれてしまう。

「……うん、ありがとう」

気の利《き》いた冗談が、ほんの少しだけ心の隙間を埋めてくれた。

君の本音

……やっぱり。

すみれちゃんと怜央くんの仲がもっと深まったように思えるのは、気のせいなんかじゃない。

そうだよね。

付き合っているんだから。

私の席からは、横を向けばすみれちゃんの顔がよく見える。

ふんわり優しい笑顔。えくぼのできるかわいらしい頬。

どこを取ったって、私が勝てるところなんてない。

本当にお似合いすぎるカップル。

「怜央くんこれ知ってる？」

「マジで⁉」

弾む会話に胸を痛めて。

私はそっと、教科書で顔を隠すんだ……。

「心菜、そんなに思いつめたような顔で見つめてどうかしたの？」

凪咲ちゃんから思わぬ指摘を受けたのは休み時間。

隣の席なのに、気づけば休み時間、少し遠いところで大和くんと一緒にいる怜央くんを眺めている。

「え、私そんな顔してた？」

思いつめたような顔、なんて。

「してたしてた」

自分じゃ無意識だったのに。

結構重症かもしれない。

「そんなに好きなら話しかけにいけばいいのに～」

いつもの調子で冷やかしてくる凪咲ちゃんは、怜央くんがすみれちゃんと付き合ったことを知らないんだろう。

そういえば、まだ噂になっていない。

でもあの怜央くんのことだ。

学校中に広まるのも時間の問題のはず。

それまでは、口にするのもつらいから黙っていようと思った。

「……な……心菜……」

「……へ……？」

呼ばれた気がしてゆっくり首を振ると、怜央くんのきれいな顔面が間近にあった。

「わわっ！」

「ぼーっとしてどうした？」

私のリアクションに笑いながら、首をかしげる怜央くん。

そんな仕草に、胸がきゅんと音を立てる。

「べ、べつに……」

呼ばれていたのに気づかなかった。

今だってすみれちゃんと話していると思ってたから。

……油断してた。

「……で、何……？」

「今度、実行委員の打ち上げがあるんだけど、心菜来ないか？」

それは思わぬお誘いだった。

「私？　……私はいいよ。だって、実行委員じゃないから……」

行きたい気持ちをグッと抑える。

……私はしょせん、すみれちゃんの代理だから。

「そんなこと言うなって。それに、中野がその日用事があって来れないからさ。ふたり分予算はあるし、心菜だって、それに参加する権利があるくらい仕事してただろ？」

そういうことか。

すみれちゃんが参加できないから、私に声をかけてくれたんだ。

それなら、なおさら行きたくないけど。

「な、行こうよ？」

ニコッと向けられた笑顔にドキッとしてしまう自分の心には逆らえなくて。

「……いつ？」

「来週の土曜の夕方五時から。場所は、『エビス』で」

エビス、とは、焼き肉食べ放題のお店。

学校の近くにあって、部活や行事の打ち上げなどでよく使われている。

「ほとんど実行委員会の予算で賄われるけど、さすがに焼き肉だと一〇〇〇円くらいの実費は出ちまうみたい。大丈夫？」

「……うん、大丈夫……」

断ればいいのに。

怜央くんが誘ってくれたことがうれしくて、やっぱり行きたくなってしまった意志の弱い私。

「よしっ、じゃあ決まりな！」

「……うん」

これで怜央くんの要件は済んだと思ったのに、彼はまだ私を見たまま。

……何か……？

「心菜、最近元気なくねえか？　どうかした？」

さらにグッと顔を近づけられて、体が思わず固まった。

……ウソ。

普通にしているつもりだったのに、気づかれていたなんて。

うれしいような、そうじゃないような。複雑な心境。

「まぁ、うまい肉腹いっぱい食って、ぱーっと発散しようぜ！」

「……これでも私、一応ダイエット中なんですけど」

「はあ？　それ以上どこを痩《や》せる必要があんの？」

「あるよいっぱい！　見えないとこ」

自分の体をぎゅっと抱えるようなポーズをとると。

「そーゆー言い方すると想像しちゃうんですけど？」

「……っ！」

整った顔でそんなことを言うなんて反則すぎる。

っていうか、そんな発言をすみれちゃんに聞かれてもいいの？

「ははっ、心菜っておもしれーの」

私の心配をよそに、イタズラに笑う怜央くんはやっぱり罪深い。

私が今、どんな思いでいるかなんて、まったく気づいてないんだろうから……。


打ち上げ当日。

仲がよかった実行委員の参加率は高く、店内はこの学校の生徒でいっぱいだ。

私は、作業中仲よくなった女の子が何人かいたので、その子たち三人と一緒にテーブルを囲んだ。

「怜央くんの私服見た？」

「見た見た！　めっちゃカッコよかったよね」

——ドキッ。

今日は各自現地集合で。

そのまま席についてしまったから、怜央くんとはまだ話していない。

ここからも見える少し遠い六人がけのテーブルについて、楽しそうに話しているのが見える。

黒いTシャツにデニムというシンプルなスタイルだけど、怜央くんが着ているだけでものすごくカッコよく見えてしまうのはどうしてだろう。

初めて見る怜央くんの私服姿にドキッとしたのは私も同じ。

「やっぱりイケメンは何着ても決まるよね」

「ねー、スタイルのよさが滲み出てる～」

この中に彼氏持ちの子はいないらしく、やっぱりみんなの憧れは怜央くんみたい。

一年生の女の子たちも、きゃっきゃ言いながら、怜央くんのところへ写真をお願いしに行っているのが見えた。

さすがだ。

まるで扱いが芸能人。

それに対して照れたような顔をしながらも、怜央くんは快く応じていた。

そんなところも人気の理由なんだろうな。

「心菜ちゃん、同じクラスでうらやましいなぁ～。しかも仲いいもんね」

「この間、三組行ったときに見たんだけど、もしかして席も隣じゃない？」

「うん、そうだよ」

「わぁ～いいな～！」

三人同時に悲鳴みたいな歓声を上げるものだから、まわりの視線を一気に浴びる。

恥ずかしくて、思わず肩をすくめた。

するとひとりの女の子が声のトーンを落とすから、私たちは頭を突き合わせるようにして彼女の声に耳を傾ける。

「中野さんと怜央くんが付き合ってるって噂、あれほんとなの？　心菜ちゃん何か知ってる？」

噂？

もう一部では噂になってるんだ。

ということは、学校のみんな公認になるのも時間の問題かもしれない。

「ちょ、ちょっとわかんない……」

つらい話題に、知らないふりをして言葉を濁すと。

「私も気になってた。委員が心菜ちゃんに変わる前、中野さんと怜央くん、すごく親密そうだったもんね」

……そうなんだ。

「わかるー。あの子が怜央くんの隣にいると、そこに入れないっていうか。ふたりの世界ができあがってたよね」

「美男美女だもんねー」

みんなが口を揃えて納得するそれは、私の心を深く沈めた。

お肉を食べて元気になるどころか、その逆。

やっぱり来なきゃよかったな……。

そのあとも何組の誰はイケメンだとか、誰と誰が付き合っているだとか、終始そんな話ばかりだった。

二次会はカラオケに決まったけれど、私はここで帰ることにした。

もともと一次会だけ参加のつもりだったし、私はしょせん……すみれちゃんの代理だから。

「心菜ちゃんほんとに行かないの？」

「うん。早く帰らなきゃいけなくて」

そんなの、ウソだけど。

「そっかあ、残念。気をつけて帰ってね！」

「うん、みんなは楽しんでね！」

「たまには遊んだりしようね。じゃあね、ばいばい！」

「ばいばーい」

同じテーブルを囲んでいた子は、みんな二次会に行くらしい。

笑顔で手を振ってくれた彼女たちに手を振り返して、私は駅への道を急いだ。

怜央くんは二次会、行くのかな。

行くよね。

ムードメーカーだし、誰もが怜央くんの参加を望んでいるはず。

ひとりになったところでスマホを取り出し、【木いちご】のサイトにログインした。

自分の書いた小説を読み返してみる。

じつは、ヒーローは最初からヒロインが好きだった設定で。

ライバルからの告白は断って、ヒロインに告白したヒーロー。

もちろんふたりは付き合って。

デートに行ってドキドキのシチュエーションとか、学校でお昼ご飯をふたりで食べたりとか、私の妄想が詰め込まれていた。

何この甘々小説。

読み返してみると、すごく恥ずかしい。

「ふはは……」

乾いた声が、闇夜に紛れる。

この都合のいい展開は、すべて私と怜央くんを妄想して綴《つづ》ったもの。

すべて自分の都合のいいように書いてたけれど……。

そんなにうまくいくはずなんてないんだ。

しょせんこれは物語の中のふたりであって、私と怜央くんじゃない。

だけど……こんなの書かなければよかった。
惨めになるだけだから。
この先なんて、もう書けそうにない。
私と怜央くんをモデルにしたハッピーエンドの物語なんて……。
楽しんで書いていた妄想小説に、実際の人物を当てはめるなんて邪道だったんだ。
読むのだってつらい。
いっそのこと、消しちゃおうか。
……そうしよう。
公開設定のページを開いて削除ボタンを押す。
【本当に削除しますか？】
再びメッセージが表示される。
これを消して、続きももう書かなければ、惨めな思いもしなくてすむ。
それを押そうとしたとき――。
「心菜！」
背後から私を呼ぶ声が聞こえた。
振り返って、そこに見えた姿に驚愕《きょうがく》した。
「怜央くん……っ⁉」

私に向かって走ってくるのは、怜央くんだったから。

「よっ！」

暗がりの中、怜央くんの顔が輝いて見えた。

──トクンッ。

すみれちゃんの彼氏なのに……こんなにも胸がときめいて……うれしいって思ってしまう。

……ダメだよ。

もう叶わない恋なのに……。

こんなの、自分が苦しくなるだけなのに……。

「心菜も一次会で帰ったんだ」

私の歩幅に合わせて怜央くんが肩を並べる。

もしかして、このまま一緒に駅まで行くのかな……。

なんだか、気まずい。

「う、うん……。怜央くんは二次会行かないの？」

「俺？　行かねえよ」

「そうなんだ。怜央くんが行かなかったら、みんな寂しがると思うのに」

「なんだそれ？　てか俺、明日練習試合があるから遅くまで遊んでたら体を動かせないし」

なるほど。

「俺、最近スタメンで使ってもらえてんだ。競争激しいけど、俺なりに頑張ってるし、それを認めてもらえてうれしい」

傲慢じゃなく、謙虚。

本当に頑張っているから、頑張ってると胸を張って言えるんだ。

そんな怜央くんを素直にカッコいいと思う。

「そうなんだ、よかったね」

部活でサッカーをしているところを何度か見かけたことがあるけど、それはもうカッコよかった。真剣にボールを追っている姿に胸がきゅんとしたっけ。

練習試合は、怜央くん目当ての女の子できっと溢れているんだろうな。

「心菜もたまには見に来てくれよ、なんてなっ」

ふっとはにかむ顔が少し照れたように見えた。

……どうして？

どうして私にそんなこと言うの？

うれしいけど……胸が痛くて……下を向いてしまう。

怜央くんは、期待させるようなことばかり言う。

完璧な彼のたったひとつの欠点をあげるとしたら、無自覚タラシなところだ。

私はそれに答えることができず、しばらく沈黙が続く。

すると目線の先が開け、駅がすぐそこまで来ていることを知った。

明るいネオン。行き交う車。点滅する信号。

息苦しい世界から解放された気がして、少しホッとする。

「……心菜さ」

そのタイミングで思いつめたような声で怜央くんが口を開くから、ビクッと肩が上がった。

「何か悩んでることある?」

続けてそんなことを言われ、怜央くんの顔を見つめてハッと息をのんだ。

この間も言われたっけ。

……悩みの種の張本人に心配されるなんて、情けないな……。

「余計なお世話かもしれないけど、吐き出したらちょっとは軽くなることもあるだろうし。心菜の性格なら、自分からは絶対に話さない気がしたから、あえて言わせてもらった」

真剣な目で訴える怜央くんは、私の悩みをなんだと思ってる……?

「な、何もないよっ」

言えるわけないよ。

言い捨てるように呟いて足を速めると。

――グイッ。

大きな手が私の手を掴んだ。

「ちょっと話そうよ」

「……っ」

グッと唇を噛みしめて、怜央くんを見つめ返す。

どうして？

こんなことして……私はつらくなるだけなのに……。

それでも。

嫌だと言っても、帰してくれそうにない怜央くんの勢いに負けて。

私たちは、駅前広場のベンチに並んで腰かけた。

土曜の夜だからか、人気は少ない。

「山本にも相談できないなら、せめて俺には話してよ。力になれなくても、吐き出すだけで軽くなるってこともあるだろうし」

凪咲ちゃんに相談できない……？

どうしてそう思うんだろう。

「前に、心菜の魅力がどうのとか話してたけど……まあ……無理なもんは無理っつーか……」

目線を斜め前に向けて怜央くんの横顔を見つめる私の頭の中には、ハテナが浮かんでいる。

「自分の気持ちを押し通さないところも、俺にとっては心菜の魅力であって……」

「あの……」

いよいよ怜央くんの言葉が理解不能で声を挟むと。

怜央くんは、顔を私のほうに向けた。

「好きなんだろ……その……大和のこと」

……え？

私が大和くんを好き？　なんの話？

「あ、ごめんな。勝手に心菜の心ん中覗き込むようなことして。でも親友の彼氏を好きって、誰にも相談できねえようなことだと思うし」

「ちょっと待って」

私は思わず立ち上がった。

「私が大和くんを好きって……なんでそう思うの？」

話はそこから、だ。

私の何を見て、そう思ったんだろう。

「あ……だって、心菜よくこっち見てるし……」

こっち？

怜央くんと大和くんは、いつもだいたい一緒にいる。

私の目は無意識に怜央くんを追っているけど……それを、大和くんを見ていると勘違いしたの？

ポカンとする私に、怜央くんは言いにくそうに少し視線を外した。

「俺、見ちまったんだよ……」

「見たって、何を……？」

ゴクリ、と唾をのむ。

何かあったっけ……。

見られて、私が大和くんを好きだと思わせてしまう出来事が。

「その……泣いてただろ……？　大和の前で……」

言いにくそうに、怜央くんは言葉を落とした。

ハッとした。

覚えはある。

でもそれは、怜央くんがすみれちゃんに告白されてＯＫしたのがつらくて……。

「えっ……それはっ……」

激しく動揺した。

まさか、あの場面を怜央くんに見られていたなんて。

「……まあ……山本には言えねえだろうし、心菜も苦しい思いをしてんのかなって……」

どうしよう。

「最近元気ねえみたいだから少しでも楽しんでもらえたらって、今日も声かけてみたんだ」

怜央くん、すごい勘違いをしている……。

「だから、せめて俺には吐き出せたら気持ち軽くなるかなって……んなわけねえか」

なんて、寂しそうにふっと笑うから。

私は思わず言ってしまった。

「……だよ……」

好きな人に、好きな相手を誤解されるなんてそんな悲しいことはない。

たとえもう、叶わない恋でも。

「……え？」

怜央くんが顔を上げる。

吐き出したほうがいいと、怜央くんが言ってくれるなら。

……私は言うよ。

「私が見てたのは……怜央くん、だよ……っ」

言った瞬間、全身の血が勢いよく駆けめぐったかのように、心臓がドクドクと高速で鼓動を打つ。

こんなの告白と一緒じゃん。

私、なんてことを……！

けれど、言ってから焦ってももう遅い。

目の前では、私を見上げながら固まっている怜央くん。

「……待って、えっと……」

そして、瞬《まばた》きを数回繰り返しながら呟く。

「どういうこと……？」

……理解してくれなくていいです。

できれば、空耳だと流してほしい。

「心菜が見てたのが俺って、どういうこと……？」

なのに私の言葉を繰り返す怜央くんは、立ち上がって今度は私を見下ろす形となる。

……どうしよう。

「ねえ……」

ここまで言ってしまったなら、今さら引き下がれないのかもしれない。

どんな否定だって、無意味なのかもしれない。

「……怜央くんが……好きだからっ……」

だから。

すべてを諦めて、言ってしまった。

「えっ……」

掠れた声が聞こえた。かなり戸惑っている様子。

怜央くんにとって、告白されるなんて珍しくないはずなのに。

……大和くんを好きだと思っていたからびっくりしてるの？

「じゃ、じゃあ……大和の前で泣いてたのは……」

「あれは……そのちょっと前に、すみれちゃんが怜央くんに告白しているところを見ちゃって……」

「……っ、あれ、見られてたんだ」

私はうつむいたまま頷く。

「怜央くんがすみれちゃんと付き合っちゃったんだって思ったら、悲しくなって……そしたら、たまたま大和くんが通りかかって……それだけのこと……」

「……っ、なんだよ。心配して損した……」

損……。

ひとり言のように呟くそれに、胸がチクリと痛んだ。

「……ごめん、なさい……」

いらないことで心配させて、もう、涙が出そう。

「いや、そうじゃなくて、モヤモヤしてた時間が無駄だったなって」

モヤモヤしてたの？　どうして……？

「ってことは、マジでえっと……心菜が好きなのって……」

そう問われて、顔をそらした。

何度も言わせないでよ。

「ごめんねっ……もう忘れるから。すみれちゃんとの仲を邪魔したりなんてしないし。

お疲れ様、バイバイッ」

これ以上一緒にいても、つらさが募るだけ。

せめてもの笑顔を作って、駅へ駆け出そうとした。

すると。

グイ――ッと腕を掴まれた。

振り向いた私に映ったのは、揺れる怜央くんの瞳。

「自分ばっか言いたいこと言って逃げないでよ。俺にだって言わせて」

なんだかとても切ない声。

「どうして俺と中野が付き合ってることになってんの？」

どうしてって……。

「俺、そんなこと言ったっけ？」

まるで責められているよう。

泣かないように、下唇を噛む。

掴まれた手の力が強くなったとき。

「俺が好きなのは……心菜だよ」

耳に届いたのは、まわりの音を一瞬にして遮断してしまうような言葉だった。

……え？

怜央くんの好きな人が心菜って……私……？

これは小説の中の妄想？　今ここにいるのは、小説のヒロインとヒーロー……？

この瞬間が、現実なのかわからなくなってしまう。

小さく腕をつねってみれば、感じる痛み。

「俺は、心菜が好きだ」

そんな中、とても真剣な瞳で繰り返される告白。

その顔は、少し赤らんでいるように見えた。

ウソ……でしょ？

「じゃ、じゃあ、あのとき……すみれちゃんに告白されたとき、怜央くん『すごいうれしい』って……」

それで、私はＯＫしたんだと思った。

「あー……たしかに言ったかも。好きになってもらえるって、素直にうれしいし、相手も一生懸命気持ち伝えてくれてるのがわかるからさ」

……え。

「でも結局気持ちには答えられないから、すげえ心苦しいんだけど」

「そ、そうなの……？」

毎回、そう言ってるの？

何度も告白されているのに、ひとつひとつに誠実に向き合っていると思ったら、その優しさにまた好きが大きくなる。

……でも、わからないこともある。

「じゃあ、すみれちゃんに電話で呼ばれてすぐに行ったのはどうして……？」

あの夜の行動にはどう説明がつく？

「え？」

怜央くんはなんのことかわからないような顔をしたあと、ハッと思い出したのかバツが悪そうに頭をかいた。

「ああ……。あれ、相手が中野だって知ってたのか」

私は頷く。

「あれは……個人的なことだから話していいのか微妙だけど、今は身の潔白を証明するのに必死だから話す」

真剣な顔をした彼は、その理由を説明してくれた。

すみれちゃんは、最近ストーカーらしき男にあとをつけられているらしく。

一緒に委員の仕事をしているときに相談されていたらしい。

何かあったら助けを求めていいよと怜央くんは言い、あの日、今まさにヘンな男にあとをつけられていると電話が来たのだ。

怜央くんが駆けつけると、本当に怪しい男が近くをうろうろしていて。

相手を撒《ま》きながら、家まですみれちゃんを送っていった。

それが、ことの顛末《てんまつ》。

「……そんなことが……」

すみれちゃんは、相当怖い思いをしていたのかな。

嫉妬していた自分が、恥ずかしく思えた。

でも、それ以上に驚きのほうが大きい。

だって……。

「な、なんで、私……？」

好きになってもらえる心当たりなんてないから。

もしかして、からかわれてる？

「初めて心菜を知ったのは、大和の彼女の友達っていう位置づけだったんだけど、そのうち気になり出して……」

怜央くんは、少し恥ずかしそうに視線をそらす。

それは、一年生のとき？

私がまだ怜央くんをまったく知らなかったとき……。

「で、始業式の日にぶつかりそうになって、正直、ラッキーって思った」

「……ごめん……私、その日に初めて怜央くんを知ったの」

「ははっ、俺、影薄っ！」

「そんなことないよ！　私が知らなかったのがおかしいの！　だって、みんな怜央くんのこと知ってて、カッコいいとか同じクラスになれてうれしいとか騒いでたもん！」

「必死だな、心菜」

ふふっと笑う怜央くんが、すごくイジワルに見えた。

「違うもん、ほんとだもん！」

「じゃあ、俺の彼女になってくれるの？」

「……っ」

イジワルな口調の流れでさらりと言われたけど。

なんだか話がすごい展開になっているのでは、と思う。

私が怜央くんの彼女なんて。

「そ、それは……」

いいのかな。

私なんかが怜央くんの彼女になっても。

「ごめん、調子に乗った。……俺の彼女になってください」

言い直し、柔らかく微笑む怜央くん。

そして、右手を前に差し出した。

……そんなの……答えなんて決まってる。

「こ、こちらこそ……よろしく……お願いしますっ……」

緊張しながらその手をそっと掴めば。

「はーーやべぇ、緊張したーーー」

瞬間、私をふわりと包み込んだもの。

それは、怜央くんの体。

「わっ……！」

ぎゅっと抱きしめられて、心臓が止まりそうになった。

「好き、ほんとに好き」

耳元をくすぐるような甘い言葉に、みるみる体温が上昇していく。

「……っ、は、恥ずかしい」

怜央くんって、そういうことを真正面から言うタイプなの？

どれだけ告白されても誰とも付き合わないから、むしろ恋愛に興味がないのかなと思っていたのに。

「心菜のこと、大切にするから」

「……ありがとう」

これは夢じゃないよね？

小説の中の妄想じゃないよね？

私は怜央くんの胸の中で、ただひたすら幸せを噛みしめていた。

暗闇《くらやみ》、ファーストキス

週が開けて学校が始まっても、まだ私は夢の中にいるような気持ちだった。

というか、すべてが夢だったらどうしようかと思って教室へ入ったけど。

すでに登校していた怜央くんに「おはよ」って微笑まれて、心臓が破裂するかと思った。

夢じゃなかった？

この人が、本当に私の彼氏なの？

繰り返し何度も心の中で確認しては、そわそわして落ちつかないのが正直なところだった。

その日の二時間目と三時間目の間に、多目的ホールで教材の販売があった。

私が凪咲ちゃんと連れ立って向かうと、そこにはすでに人の群れができていた。

封筒にお金は入っていて、それと引き換えに教材をもらうだけなんだけど、みんな少ない休み時間を無駄にしたくないのか我先にと順番も無視している様子。

うわああ……何このカオスな現場は。

クラス別に時間を変えるとか、先生も策を考えてくれたらいいのに……。

「あれ、凪咲ちゃんっ⁉」

人波にもまれているうちに、凪咲ちゃんまで見失ってしまった。

そうしている間にも。

「うわっ……」

ぎゅうぎゅうと押される体。私は身長が低いから、人波に埋もれちゃうんだ。

私だって早く済ませたいのに、横から後ろから押し入られて弾き飛ばされ、なかなか販売員さんの前にたどりつけない。

ずっとその場で立ち往生。

これじゃあ、いつまでたっても買えないよ。

どうしよう……。

「……⁉」

すると、私の手が冷たい誰かの手で握られた。

えっ、と手の先を見上げると。

「怜央くんっ⁉」

なんとそれは怜央くんだった。

ビックリする私とは対照的に、ニコッと微笑んだ怜央くんは、

「心菜は小さいからな」

私の手を引いたまま、人の波をささっとうまくすり抜けていく。

ど、どうして怜央くんが……。

「あ、あのっ」

いきなりの行動に動揺が隠せない。

手をつなぐなんて、恋愛初心者の私にとったら大事件だから。

「みんなに見られちゃうよっ」

さらに、人前でなんて。

とっさに離そうと試みるけど、その力は思いのほか強く簡単には離れてくれない。

それどころか、離そうとする力に反してもっと強くなっていく気がする。

「つーか、みんなに見せてんだけど?」

「……っ」

注がれる流し目があまりにきれいでドキッとしてしまった。

「心菜は俺のだって、みんなに自慢したい」

「れ、怜央くんっ……」

自慢って。

そんな……私なんかを自慢したところで、いいことなんてひとつもないのに。

もうどこを見て歩いていいのやら、全身真っ赤になる体を縮こませながら進んでいるとこんな声を耳が拾った。

「見てっ！　怜央くんが女の子と手をつないでる！」

「ウソッ、なんでっ⁉」

もともと騒がしかったこの場が、また別の意味で騒がしくなる。

ああ、どうしよう。

すごい注目を浴びちゃってるよ。

そりゃあ怜央くんが女の子と手をつないでたら、騒ぎになるよね。

しかも、私なんかと。

隣をそっと見上げると、聞こえているはずなのに、怜央くんは涼しい顔をして颯爽《さっそう》と歩いている。

噂されて恥ずかしくないのかな？

それとも、こんなのなんてことない？

たしか、中学時代に彼女はいたらしいけど……。

これだけカッコいいんだから、それなりにいろいろあるよね。

騒がれるその隣で、私は真っ赤な顔を隠すようにひたすらうつむいていた。

その後、怜央くんのおかげで、無事に教材を買うことができた。

凪咲ちゃんを見失っちゃったから、そのまま怜央くんとふたりで教室に戻ってきたんだけど。

「あ、凪咲ちゃん」

すでに凪咲ちゃんは教室にいて、私にニヤニヤした視線を投げてくる。

え、何その目は。

もしかして……。

「さっき見ちゃったよ」

「えっ」

凪咲ちゃんは自分の手を掲げ、もう一方の手を絡ませた。

「……っ‼」

わぁぁぁ、やっぱり。

凪咲ちゃんにも見られていたなんて。

『えー本当に？』

怜央くんと付き合うことになったと報告したとき、凪咲ちゃんはものすごく驚いていた。

あれだけ彼氏候補に！　なんて推していたくせに、いざ本当になったら目の玉が飛び出そうに。

「お邪魔だと思ったから、そーっとひとりで帰ってきたの」

ふふふ、と笑う凪咲ちゃんは面白そうに私を見る。

「声かけてよ〜」

端から見てニヤニヤされていたのかと思うと、今さらだけど穴に入りたいくらい恥ずかしい。

私、どんな顔してたんだろう。

「あんな人前で堂々と手をつなぐなんて、怜央くんて独占欲強いタイプなんだね」

独占欲⁉

なんてことを言うの凪咲ちゃん！

「あれはっ、私がなかなか教材を買えずにいたからでっ」

顔から火が出そうなさっきの状況を必死で否定しようとしていると、頭上から声が降ってきた。

「そうだよ、知らなかった？」

……え？

ゆっくり見上げると、そこにはドヤ顔をした怜央くんが。

れ、怜央くんっ⁉

今の会話、聞いてたの？

それから次に、私に向けて。

「つーことだから、よく覚えておいて」

ドクンッ！

その瞳に、思わず吸い込まれそうになった。

「な？」

もう一度、念を押される。

それは……独占欲が強いってこと……？

そんなふうに言われたら逆らえるはずなんてなくて。

「……は、はい」

「イイコ」

ポンと、頭に乗せられた手は優しくて。

私はもうドキドキが止まらなかった。


それからすぐに、夏休みに入った。

彼氏ができて初めての夏休みだけど、肝心の怜央くんはサッカーづけの毎日で。

八月に入っても、デートをする機会がなかなかなかった。

夏は楽しいイベントがたくさんあるのに、少し寂しい気もする。

それでも、サッカーが大好きで真剣に取り組んでる彼を応援したいから、ワガママは言わない。

その代わり、凪咲ちゃんと一緒に試合の応援に行ったりした。

ルールはいまいちわからないけど、フィールドを駆け回ってボールを追いかける怜央くんはものすごくカッコよかった。

猛暑日が続く中、今日も凪咲ちゃんと一緒に試合の応援に来ていた。

ギャラリーには、大和くんや怜央くんをはじめ、イケメン目当ての女の子がたくさんいて、ちょっとモヤモヤしたけど。

「心菜っ！」

試合が終わって真っ先に私の元へ駆けてきてくれた怜央くんを見て、不安もいっぺんに吹き飛んだ。

「怜央くんお疲れ様！」

「見に来てくれてありがとな」

そう言って怜央くんが爽やかに笑った瞬間、ギャラリーから「きゃあ～！」と悲鳴のような歓声が上がった。

何事かと思い声のほうに顔を向けると、女の子たちの視線は私たちへ集中している。

どうやら、今の歓声は怜央くんの笑顔に対してのようだ。

女の子たちを夢中にさせるこの笑顔を、今ひとりじめできているなんて……まるで夢みたい。

注目の的になっていることを、恥ずかしくもうれしく思う。

「あちー。でもいい汗かいたな」

滴る汗でさえカッコいい……。

なんて、自分の彼氏に見惚れるなんて、私ってば幸せボケかな。

「そうだ。ここんとこ連勝してるからって監督が明後日休みくれたんだけど、心菜なんか予定ある？」

「明後日？　えっと……ないと思う」

思う、じゃなくて、ない。

大抵は暇をしていて、あまりの暇さに地元の友達に連絡をしてはたまに遊んでいる。

もちろん明後日もノープラン。

「じゃあさ、デートしてくれる？」

――ドクンッ。

デートって……。

私と、怜央くんが……？

考えただけで顔が熱くなってくる。

に変化している。

「心菜、すげー顔真っ赤だし」

私をからかう怜央くんの顔は、爽やかイケメンからイタズラが成功した子供みたい
怜央くんは時々イジワルだ。

私はまだ全然余裕なんてないのに。

「あ、暑いからだよっ」

「ほんとに〜？　照れてないで正直になってよ」

「もうっ、やだっ……」

タオルでぱしん……と怜央くんの胸を軽く叩くと。

「ははっ、どこ行きたいか決めといてよ」

頭をクシャクシャと撫でられて、私の顔は完全に沸騰した。

怜央くんは私に行先の決定権を委ねたけど、どこに行ったらいいかわからなくて、
その夜凪咲ちゃんにヘルプの電話をかけた。

デートなんて生まれて初めてだから。

「凪咲ちゃん、どこに行ったらいいと思う!?」

《心菜ってばかわいー》

いちいち私を冷やかすことを忘れない凪咲ちゃんは、この際スルーしておこう。

いい加減慣れないと、心臓がいくつあっても足りないもん。
「本気で悩んでるんだってば！」
《はいはい。初デートでしょ？　思い出に残るようなところがいいよね～》
「ちなみに、凪咲ちゃんは大和くんとの初デートはどこに行ったの？」
《私？　私は無難に映画だったよ》
「そっか～。初デートにピッタリって感じだよね！」
《そうだ、大型ショッピングモールができたじゃん。あそこは？》
「あ、いいかも！」
凪咲ちゃんが言うショッピングモールは、電車で三十分ほどのところに先月オープンしたばかり。
テレビで芸能人が『一日じゃ足りないくらい楽しい！』とリポートしていたのを見て、行きたいと思っていた場所。
それがデートとなれば、なおさらテンションも上がる。
《でしょ？　映画館もあったよね》
凪咲ちゃんの言うとおり、映画館やボウリングができる施設も併設されていて、この夏一番のオススメスポットになっている。
「凪咲ちゃんありがとう！」

《健闘を祈ってるよ〜》
凪咲ちゃんのアドバイスのおかげで、行先はショッピングモールに決まった。

デート当日。
――ズキッ。
「痛いっ……」
まただ。
こめかみを突き刺すような痛みに、私は思わずその場にしゃがみ込んだ。
こんな日に頭が痛くなるなんて……。
時々起こるこの頭痛の原因は、いまだよくわからない。
なんとなくただごとじゃない気がして、お母さんにも言えなかった。
病院に行って、重大な病気でも発覚したら困るから。
手遅れになるよりいいかもしれないけど、怖い気持ちのほうが強くて……。
とりあえず頭痛薬を飲んで、私は家を出た。
待ち合わせは電車の中。
家が離れているからどこかで待ち合わせするのは難しい。
だからといって現地集合も寂しいから、怜央くんが乗ってくる電車に私が乗り込むことにしたのだ。

無事に予定どおりの電車に乗ったとメッセージが来て、ホームで電車を待つ私はドキドキ。

やがて、怜央くんを乗せた電車がホームに入ってくると私の緊張はピークに達した。

待ち合わせは、一番後ろの車両。

怜央くん……いるかな？

電車に乗り込むと、怜央くんを探すためにキョロキョロする。

人が多いせいかすぐには見つけられず、そのうち電車が動き出してしまい、ガクンッと車両が大きく揺れた。

「わっ……！」

どこにも掴まらずに怜央くんを探していたから、私の体は大きく振られてしまった。

──瞬間。

フワッと私の体が何かに守られて……見上げると、そこには怜央くんの顔があった。

わわっ……！

「大丈夫？」

「う、うんっ……」

びっくりした……。

「心菜ってば、どんどん遠くに行っちゃうから」

「あ、ごめん……」

私は、逆のほうばっかり見ていたみたい。

と、また電車が揺れて体がグラリと傾いた。

慣れないヒールを履いているからとくに不安定なんだ。

瞬間、掴まれていた手にグッと力が入り、

「危なっかしくて目が離せねえ」

反対の手が、ポンと優しく頭の上に乗る。

「……っ」

思わず、身をぎゅっと縮めた。

ふと、なんだか既視感を覚えた。

この温もりを、知っているような気がして。

小説にも、デートのシーンを書いたから……？

「……っ」

とそのとき、ズキンッとまたこめかみに痛みが走った。

薬を飲んだはずなのに、どうしたのかな……と。

そのまま視線を上げれば怜央くんと目が合った。

今日の怜央くんは、白いTシャツの上にネイビーのシャツをさらりと羽織り。

黒の細身のパンツをセンスよく合わせている。

今日も眩しいほどカッコいい。

頭が痛いのも忘れて、怜央くんに見惚れる。

初めて会ったときにも思ったけど、絶対に怜央くんはモデルになれるよ。

「……そんなに見られるとハズいんだけど」

怜央くんが目をそらしてポツリと呟いた。

「わ、ごめん……」

慌てて謝る。

耐えられなくなるほど、じっと見すぎていたみたい。

「てか、俺はどこ見ていいかわかんないんだけどな」

「え？」

照れたように口元を押さえる怜央くんの顔は、ほんのり赤く染まっていた。

「今日の心菜、その……いつもと雰囲気が違うから」

打ち上げのときは楽な恰好がいいだろうと、パンツスタイルで行ったけど、今日はデートだからオシャレをしてきた。

淡い水色のワンピースに、白のカーディガンを羽織って。

いつもはハーフアップの髪を、全部下ろして毛先を巻いてみたんだけど。

「へ、ヘンかな……」

たしかに頑張ってきた感が半端ない。

初デートだからって、気合いを入れすぎたかも。

「……いや、その逆。すげえかわいい……」

ボッ。

その一言で私の頭はまた沸騰し、混み合った電車の中でお互い真っ赤になっている
私たちは、少しおかしな人になってしまった。

電車を降りると、そこからショッピングモールまでは遊歩道でつながっていた。

家族連れやカップルなど、大勢の人でにぎわっている。

「映画見るんだよな」

「うん」

私たちが事前に決めていたのは、アクションものの洋画。

人気作の第二弾で、偶然にもお互い第一弾を見ていたから即決したのだ。

チケットを買うために並ぼうとすると。

「こっちじゃなくていいの？」

怜央くんが指で差したのは、イケメンふたりに女の子が挟まれているポスター。

それは、今旬のキャストが勢揃いした学園ラブコメ。

【俺以外見えなくしてやるよ】

なんていう、あおりのキャッチが胸をくすぐる。

ターゲットど真ん中の私は、そのポスターを見て思わず顔がニヤケてしまう。

こういうストーリーこそ、憧れシチュエーションがいっぱい詰まっているはず。

まさに妄想の塊。

小説を書くにはすごい参考になりそう。

「やっぱ女子ってこーゆーの興味あるんだ?」

ポスターをじっと見ていると、顔を覗き込みながらイジワルに聞いてくる怜央くん。

「……っ、私はないよっ……」

やばい。じっくり見すぎちゃった。

慌ててプイっと顔をそらす。

「ははは、ウソつかなくてもいいのに」

「う、ウソじゃないしっ」

本当にウソじゃないんだけど……小説を書いているなんてことは言えないし、そのポスターにうらめしい視線を投げながら歩き出したとき。

「きゃっ……」

誰かと肩が思いきりぶつかってしまった。

「すみません」

踏んだり蹴ったりとはこのことだ。

慌てて頭を下げた相手は、同い年くらいの男の子。

迷惑そうに眉をしかめて私をじっと見つめていた。

「……っ」

たしかによそ見をしていた私に非はあるし、何も言えないけど。

そんな睨まなくても……しかも、その瞳がなんだか冷たくて背中がゾクッとした。

怜央くんは、お財布からお金を取り出しているところで、今起こったことは見ていなかった様子。

私はもう一度その人に軽く頭を下げると、怜央くんの隣まで小走りしていった。


「やべー、マジ興奮した！」

「面白かったね！」

映画が終わり、私たちは大満足。

第一弾よりもパワーアップしていてすごく面白かった。

隣に怜央くんがいることを思わず忘れるくらい集中してしまった。

それからちょうどお昼だったこともあり、パスタ屋さんに入り、そのあとはモール内をぶらぶらする。

怜央くんは洋服、私はアクセサリーなどと、お互いの見たいお店を一緒にまわり尽くすと、あっという間に時間は過ぎていった。

日も傾き始め、そろそろ帰ろうって言われるかな……と、少し寂しくなったとき。

「最後にもう一ヶ所行きたいとこあるんだよ。時間大丈夫？」

ふいに、怜央くんがそんなことを言ってきた。

「私は大丈夫だよ。どこに行きたいの？」

まだ一緒にいられることに胸が弾む。

それにしてもどこだろう。

もうさんざんモール内は見つくしたのに。

「ん？　ちょっと来て」

怜央くんは私の手を取ると、エスカレーターを上り始めた。

──トクン。

こうやってさりげなくつないでくれる手に、すごく安心感を覚える。

細くて繊細に見えていた手は、意外と大きく骨張っていて。

何より温かい。すごく……幸せ。

「ねえ、この上って駐車場じゃないの……？」

気づけばもう四階。この先、お店はないはずだけど。

「いいからいいから」

怜央くんはニコニコしながらエスカレーターを上がっていく。

……どこに行くんだろう。

エスカレーターを上りきり、不安な私の目に見えたのは。

「……え？　プラネタリウム？」

そこは、プラネタリウムの入り口だった。

驚いて怜央くんの顔を見上げると、少し首をかしげて尋ねてくる。

「心菜、星見るの好き？」

そういえば、このショッピングモールの西側の天井がドーム型になっていることを思い出した。

外から見たときに不思議な形だなとは思っていたけど。

プラネタリウムだったからとわかり、納得。

「うん！　好きだよ」

「ならよかった」

怜央くんは、白い歯を出してはにかむ。

プラネタリウムなんて、小学校の社会科見学以来。胸がワクワクした。

「俺さ、小さいころから空見るの好きで、小五の誕生日に天体望遠鏡を買ってもらったんだ」

「すごい！　よく見える？」

「見える見える。土星のわっかもちゃんと見えるんだぜ？」

まるで子供のような瞳。

「今年は金星が地球にすごく近づいているから、でっかく見えるんだ。肉眼でも結構大きく見えるよ」

無邪気なその笑顔に、私の顔も自然とほころんだ。

興奮しながら話してくれる怜央くんが、子供みたいでかわいい。

知らなかった怜央くんの新たな一面。

これからも、もっとこうやっていろいろな怜央くんを知りたいな。

チケットを購入して中へ入ると、ほぼ席は埋まっていた。

オープンしたてということもあり、かなり人気らしい。

「マジ？　並んで座れる席ってもうない？」

怜央くんの言うとおり、ひとり分の空いている席はあるけど、並びで空いている席が見つからない。

ザワザワしている場内にくまなく目を走らせていると、

「あった！」

二席並びで空いている箇所を見つけ、思わず声を上げて小走りしてみれば。

「わっ……」

今時のプラネタリウムはカップルに優しいのか。

そこはカップルシートといわれる席だった。

席と席の間には遮るものは何もなく。

肩も手も、いつ触れ合ってしまうかわからないような距離になることは間違いなさそう。

「……どうする？」

入ってしまったからには、次の回というわけにもいかず。

だからといって、別々には座りたくない。

「ここでもいい？」

恥ずかしくてたまらないけど、怜央くんの問いかけに私は首を縦に下ろした。

だけど。

……私は完全に忘れていた。

プラネタリウムが、席をリクライニングして寝ながら見ることを。

「倒すよ」

「う、うん」

ふかふかの座席をリクライニングすると、まるでベッドで寝ているように完全に体が倒れてびっくりした。

この状況……無理かもしれない……。

初デートで、このシチュエーションはありえないよっ。

心臓がバクバクして、汗が止まらない。

さっきまでプラネタリウムにはしゃいでいた怜央くんも、口数が少なくなっている。

それが余計に私の緊張をあおって……。体と体が触れないように、私は必死に身を固くしていた。

やがて、場内が暗転し上映が始まった。

目の前一面に現れる星空。

視界のすべてが星空になる。

まるで本物の星空のようなリアルなそれに、私は一気に魅せられた。

緊張も解き放たれて、ナレーションに耳を傾けながら完全に空の世界に見入ってしまう。

こんな広い世界の下で、私は怜央くんと出逢い恋に落ちたんだ。

そんなことを想い、その奇跡に感謝する。

「今年は、金星が地球にもっとも近づきます」

そんなナレーションに、さっき怜央くんが話していたことだとなんだかうれしくなり、思わず隣に顔を振ると。

——ドクンッ。

あまりにも顔が近くてドキドキした。

でも、目をそらせないでいると、気配を感じ取ったのか、怜央くんがふいに顔をこっちに傾けて。

「……！」

お互い見つめ合う……。

ナレーションも、何もかも聞こえなくなる。

トクントクン……。

すると、怜央くんの手が伸びてきて、私の髪にそっと触れた。

そのまま怜央くんの顔が近づいてきたので、私は反射的にぎゅっと目をつむる。

と、同時に唇に柔らかくて温かいものが触れた。

……っ。

キス……？

思わず目を開くと、優しい目で私を見つめている怜央くん。

どうしよう。

……怜央くんと……キスしちゃった。

バクバクと高鳴る鼓動。

ここが暗闇でよかった。

じゃなければ、私の顔が真っ赤なことがバレていたはずだから。

顔を正面に戻した怜央くんにならって私も天を見上げれば、キスの余韻を演出するかのように流れ星が一筋流れた。

怜央くんの指が私の指を探り当て、そのまま指を絡ませる。

私と怜央くんは手をつないだまま、無言で満天の星空を見上げていた。


帰りは、怜央くんが家まで送ってくれた。

あれから……。

私は怜央くんとキスしたことのドキドキが収まらなくて、怜央くんの顔さえまともに見られないのに。

意外と怜央くんは冷静で。

とくにいつもと変わらず会話を振ってくるから、私は心の内を隠しながらそれに答えるのに必死だった。

……怜央くんにとって、キスはそんなに特別なものじゃないのかもしれない。

そうだよね。

これだけモテる彼の、ファーストキスなわけがないんだから……。

私の家の前まであと数メートル、となったとき。

「なんか……急にあんなことしてごめん」

突然足を止めた怜央くんが、そう切り出した。

あんなこと……？

一瞬その意味が理解できなかったけれど。

照れたように言うそれに、思い当たるのはただひとつ。

プラネタリウムでの、キス……。

あのあと、何事もなかったかのように振る舞っていたのに。

きっと、怜央くんの頭の中もそれでいっぱいだったのかと思うと、同じ気持ちでいたことにまた胸がきゅんと音を立てた。

「やっぱ、あの席はまずかったよな……」

怜央くんは落ちつかなそうに頭に手をやって、視線を外す。

……怜央くんは、後悔してるの？

私たちのファーストキスを……。

「私は……うれしかったよ……」

そんなの嫌だよ。

怜央くんとキスできてうれしかったのに。

いきなりでびっくりしたけど、怜央くんの自然な想いが伝わってきたから。

「……怜央くんとキスできて……うれしかった……」

正直な気持ちを言葉に乗せた。

「……っ……」

怜央くんの瞳は、今まで見たことがないくらい見開かれていて。

「……そんなこと言ったら……帰したくなくなるじゃん」

私の腕を引き寄せると、胸の中に閉じ込めた。

っ……。

薄いシャツ一枚を隔てて、怜央くんの鼓動が伝わってくる。

私と同じで、ドキドキしてる……。

「俺、自分でもびっくりするくらい心菜が好きみたい」

低くて優しい声。

「こんなに誰かを好きになるなんて、思わなかった」

……まっすぐなその言葉に、ウソなんて見えなくて。

うぬぼれじゃなくて、本当にそうだと思わせてくれる。

何より……怜央くんのことを心の底から信用しているから……。

「大切に、するから」

「……ありがとう……」

誰かに守られているという安心感と幸せを体中で感じる。

「心菜……」

「……んっ……」

本物の星空の下《もと》、私たちは二度目のキスを交わした——。


残りの夏休みは、部活が終わったあと、待ち合わせて遊びに行ったりした。

夏の風物詩、花火大会にも行った。

浴衣を着て、手をつなぎながら見上げた打ち上げ花火。

人影に隠れて、何度も何度もキスした。

「俺、もう余裕ねえから」

少し強引で、でも温かいキスは。

何度繰り返しても慣れることはなくて、私はそのたびに顔を赤くしていた。

釣り合わない彼女

「最近、心菜さらにかわいくなったよね」

夏休みが明け、すっかり肌の色の変わったクラスメイトたちを眩しく見ていたとき、そんな言葉は投下された。

「えっ⁉」

声の主は凪咲ちゃん。

同じようにこんがり焼けた肌の彼女からは、夏休みの充実さがうかがえる。

きっと、大和くんとたくさんの思い出を作れたんだろうな。

それにしても。

凪咲ちゃんのかわいいの基準はなんだろう。

自分に向けられるには不釣り合いすぎる言葉に首をかしげた。

「なんかね～フェロモン出てる～」

「フェロモンって……！」

そんなものが私から出るわけないし！

しかも、そんな茶化すような言い方して、信じられるわけないよ。

「っていうのは冗談だけど。表情もすごくかわいらしいし、幸せオーラが出てる。怜央くんに愛されてる証拠だね」

「……っ」

みるみる顔が熱くなっていく。

愛されてる、なんて。

私のほうが怜央くんを好きだと思ってるし、いつこの夢から覚めちゃうんじゃないかって、まだどこかで思っているのに。

「ラブラブでいいな。超お似合いだよ？」

「なっ、凪咲ちゃんのほうこそラブラブじゃん！」

褒められるのに慣れてないから、思わず凪咲ちゃんにそっくりそのままお返しした。

誰もが見てお似合いなのは、凪咲ちゃんと大和くんのカップルのほうだよ。

「今度さ、四人でどっか遊びに行こうよ！」

「四人で？」

「うん。私と心菜。あと、大和と怜央くんで」

「えっ……」

それって、ダブルデート……？

少女漫画でよくあるシチュエーションだし、憧れていたけど。

「ん？　何？　嫌なの？」

「っ、……そういうわけじゃないけど」

美男美女の中に、私みたいな平凡女子がひとり。

浮くに決まってる。

この間のケーキ屋さんでも、ひしひしと感じたこと。

怜央くんとふたりでいても、釣り合ってないいんじゃないかとおどおどしちゃうのに。

そこに凪咲ちゃんと大和くんが加わったら、私だけ違和感だ。

「なになに〜？　私と大和がお邪魔ってこと？　そうだよね！　付き合ったばっかりだもんね。ふたりのほうがいいよねっ」

何を勘違いしているのか、恥ずかしいことを言う凪咲ちゃん。

「違うってば！」

「いいのいいの。気が利かなくてごめんね？　今はまだふたりっきりを楽しみたい時期だもんね〜」

「ほんとに違うんだってばあ〜」

冷やかされるのは恥ずかしいけど、こんな女友達との時間はたまらなく幸せでもあった。

その反面、うれしいことばかりでもないんだ……。

「えーどれどれ？」

「マジで⁉　納得できるような子だったら諦めつくのにさ〜」

まただ……。

夏休みが明けた瞬間、私と怜央くんのことは瞬く間に噂になった。

サッカー部の試合を見に行ったことで徐々に知れ渡ったそれは、学校が再開したことで、伝言ゲームのようにして一気に広がった。

大和くんと凪咲ちゃんが付き合ったときも、校内でかなり噂になったけれど。

『お似合いのふたりだよね〜』

『凪咲ちゃんならしょうがないよね。勝ち目なんてないもん』

絶賛の嵐。

凪咲ちゃんの友達として、私も鼻が高くてうれしかった。

こんなふうにまわりから思われるなんて、幸せだろうな、私もそんなふうになれたらいいな、なんて希望を抱いた。

けれど……。

「あの子じゃ諦めるに諦められないよー」

ささやかれるのは、そんな言葉ばかり。

凪咲ちゃんたちのときとは対照的な反応に、へこみ気味。

わかってる、自分でも。

怜央くんに釣り合わないことくらい。

彼女になれるなんて夢にも思っていなかったし、今だってもしかしたら夢なのかもしれないと思うこともある。

自分で痛いほどわかっているからこそ……言われる言葉が胸にグサグサと突き刺さるんだ。

陰でいろいろ言われても、私が怜央くんを信じていればいい。

そう思いながら、日々を過ごしていくしかないんだ。


夏休み明けの席替えで、怜央くんとは少し離れてしまった。

なのに、怜央くんはまたすみれちゃんと隣だった。

すみれちゃんは、怜央くんへの気持ちを諦めたわけではなさそうだった。

告白しても気まずくなることなく、変わらず積極的に話しかけている。

すみれちゃんも、私と怜央くんが付き合っているのを知っているはずなんだけど。

……むしろ、私が相手だから余裕だと思っているのかな。

すみれちゃんと怜央くんが話しているのを見るたびに、モヤモヤしてしまう私は、心が狭いのかな……。

もう、小説は書いていない。

私と怜央くんが付き合うという妄想が現実になった今、続きを書くのが怖くなったんだ。

もし、不思議な力が働いていて、未来を自由に操作できるとしても。

これからの未来は私たちふたりで作っていきたいから……なんてね。


けれど。そんなのんびりとした気持ちでもいられなかった。

朝登校して、下駄箱を開けた私はヒヤッとした。

中に放り込まれた、クシャクシャに丸められた紙をそっと開けば。

【相馬怜央と別れろ】

そんな脅迫めいた言葉が書かれていた。

今日が初めてじゃない。

怜央くんとの付き合いが広まって少ししてから、こんな嫌がらせが始まったんだ。

実際に、危害が加えられているわけじゃないし、怜央くんと付き合った代償なんだと思えば、これくらい我慢しないとね……。

それをきれいに折り畳み、ブレザーのポケットへと隠した。

その日の授業が終わり帰り支度をしていると、目の前に影ができた。

どうしてか、それが怜央くんだなんて自信の中、パッと笑顔に花を咲かせて顔を上げると。

軽く苦笑いをした藤谷さんがいた。

「あ……」

私ってば、恥ずかしい。怜央くんだと思って笑顔なんて作って……。

「私でごめんね？」

嘲笑するような敵意むき出しのその口調に、今すぐ逃げ出したい衝動にかられる。

今、誰の視線が一番痛いって、それは藤谷さん。

なんでもズバズバ言ってくる藤谷さんだから、怜央くんと付き合ったことで何か言われるかもしれないと思っていたし、こんな言い方からして楽しい話なわけがない。

「宮内さんてさ、やっぱり怜央くんのこと好きだったんだね」

……っ、思ったとおりだ。体に緊張が走る。

うまく、この場を乗りきらなきゃ……。

「怜央くんに彼女ができたっていうから誰かと思ったら、まさかの宮内さんでしょ？

びっくりしちゃった」

びっくりした、という割には驚いている様子はなく。

責め立てるような声に、このあと何を言われるんだろうと身構えていると。

「ねえ、好きじゃないって言ってたよね」

藤谷さんは核心に迫ってきた。

ジリ、と詰め寄られ、足が半歩後ろに下がる。

……どうしよう。

好きじゃない、とは言ってない……なんていうのは、ただの揚げ足取りだとわかってる。

「あの……」

言い返せない自分が嫌だ。

私は怜央くんが好き、そうはっきり言ったらいいのに、藤谷さんが怖くて言えない。

そうしている間に、藤谷さんに次の言葉を言わせてしまう。

「ねえ、いつから好きだったの？　すみれが学校に来れなくなってよかったと思ってたんでしょ。怜央くんと実行委員ができたから」

「そんなことっ……」

「当日だって、一緒に作業できなくて悔しかったんじゃないの？　すみれが来て、ほんとはがっかりしてたくせに！」

私に有無を言わせる隙を与えず並べるその言葉はあんまりすぎて、もう返す言葉さえ見つからない。

代わりに、目にはじわっと涙が溢れてきた。

ここまで藤谷さんが怒りを露わにするほど、私が怜央くんと付き合うのはいけないことだったのかな……。

胸が押しつぶされそうな痛みでいっぱいになったそのとき。

「真帆」

藤谷さんの名前を呼びながらここへ来たのはすみれちゃん。

――ズキンッ。

胸が、また別の深い痛みに襲われた。

すみれちゃんを見るといたたまれない気持ちになる。

彼女は勇気を出して告白したけど振られてしまった。

すみれちゃんが好きなのを知っていて、私は今、怜央くんと付き合っている……。

女子の世界では、好きな人は先に言ったもの勝ちのようなところがある。

もし、私とすみれちゃんが同じグループにいたら、こんなことありえないはずだし。

きっと、仲間外れにされてもおかしくない事態。

すみれちゃんからは、なぜか目がそらせなかった。

数秒間、沈黙したまま目を合わせる私たち。

すみれちゃん……私もね……怜央くんが好きなの……。

あのとき言えなくてごめんなさい……。

伝わるわけはないけど、心の中で必死に訴えかけた。

やがて先に目をそらしたすみれちゃんは、なだめるように藤谷さんの手首を掴む。

「真帆、もういいよ」

「でもさっ」

藤谷さんは、すみれちゃんを思いやって言っているんだと思う。

失恋した友達の無念を、こうやって言うことで少しでも晴らしてあげようと。

その気持ちはわかる。

「ほんとにいいんだって。心菜ちゃんごめんね」

「あ……」

私に向き直ったすみれちゃんの目は優しくて。

余計に胸が痛くなる。

すみれちゃんがそう言うと、体育祭のときのように藤谷さんは苦い顔をしたまま身をひるがえして行ってしまった。

軽く頷いたすみれちゃんに私も小さく頷き、去っていく彼女を見送った。

Chapter 3

つらいはずなのに

「大変だからいいよ」

怜央くんの言葉に、私は一瞬言葉を失った。

……何を話していたかというと。

週末にサッカーの試合があるから、凪咲ちゃんと一緒に見に行く予定だと怜央くんに伝えたら。

今の言葉を言われたんだ。

それって、やんわり断られてる？

私が行ったら都合悪いのかな……。

試合を見に行けば、そのあと一緒に帰れたり……欲を言えばデートできるかも……なんていう淡い期待があるからなのも事実で。

迷わず「うん」と言ってくれると思っていただけに、私の心はシュンとしぼんだ。

そんなふうに言われてしまったからには、行ったらダメな気がして。

私はそれ以上、行きたいとは言えなかった。

「暇だな～」

その週の日曜日。

本当だったら怜央くんの試合を見に行っていたはずなのに、断られてしまったため私は暇を持て余していた。

中学時代の友達も、それぞれ部活だったりデートがあるし、だんだん疎遠になってきた。

だからこそ、怜央くんの試合を見に行くのが休日の楽しみだったのに。

『大変だからいいよ』

大変なわけないよ。

「私に見に来てほしくなかったのかなぁ……」

暇になればなるほど、いろいろ考えてしまう。

大変だから……なんていうのは、断る口実だったのかも。

あのときの言葉がよみがえって不安になったとき、机の上で充電していたスマホが鳴った。

飛びつくようにしてスマホを手にすると、そこに表示されていたのは凪咲ちゃんの名前。

「あ、凪咲ちゃんだ！」

今頃、大和くんの試合を見に行ってるはず。

私はあんなふうに言われた手前行けなかったけど、凪咲ちゃんはいつもどおり行っているんだ。そして、帰りはそのままデートするみたい。

「もしもし！」

《あ、心菜？》

「どうしたの？　今、大和くんの試合中でしょ？」

《うん、たった今終わったところだよ》

まだ外なのか、まわりはガヤガヤしている。

デートの前に連絡をくれたのかな。

「どうかしたの？」

《あのね……怜央くんね、今日メンバーに入ってなかったの》

どことなく小声になった凪咲ちゃんから発せられたのは、思わぬ内容だった。

「えっ……そうなの？」

怜央くんはＦＷ《フォワード》。ワントップを張ることもあるくらい期待されているメンバー。

最近では試合に出て当たり前の彼が、控えだったなんて驚いた。

《だからだよ、心菜に見に来なくていいって言ったのは》

……あ。

《怜央くんにもプライドがあるんだよ、スタメン落ちしたことを言えないのは。それにせっかく見に来てくれるのに出番がないんじゃ、心菜にも悪いと思ったんじゃないかな》

怜央くんに、来なくていいと言われてへこんでいるのを凪咲ちゃんは知っている。だからこうして電話をくれたんだ。

「そっかあ……」

それなら納得できた。

もし逆の立場なら、自分の出ない試合を見に来てもらっても悪いと思うし。

《メンバーじゃないって素直に言えなかったのも、カッコつけたかったからじゃない？　その気持ちわかってあげなね？》

「うん」

控えだとしても私は何も思わないけど……凪咲ちゃんの言うこともわからなくない。

恋愛経験先輩の凪咲ちゃんの忠告に頷いて、電話を終えた。

それから数週間が過ぎた。

怜央くんが部活の話をしたがらないから、私もあえて触れることもなくそのあとも試合を見に行くことはなかった。

そのたびに凪咲ちゃんから『昨日も怜央くん試合に出てなかった……』と言われ、なんだか私は胸が痛かった。

スランプに陥ることもあるだろうし、頑張ったって、うまく行かないときもある。

それでも、私の前ではそんな素振りをいっさい見せない。

教室では、いつもと変わらず明るい怜央くん。

だから私も怜央くんの前では何も知らないふりをして、笑顔だけは絶やさないようにしていた。

そんなある朝、教科係で職員室に行ったときのことだった。

たまたま同じ職員室内で怜央くんの姿を見つけ、胸が弾む。

こんなところで会えるなんてうれしいな。

用事を済ませて、もう一度怜央くんを目にした私の心臓は鈍く音を立てた。

怜央くんの顔が険しく歪んでいたから。

話している相手は、たしかサッカー部の顧問の先生。

どうしたんだろう……そう思ったそのとき。

「ちゃんと理由を言ってください！」

怜央くんの口から、声が張り上げられた。

慌ただしい朝の職員室の中でも、それはよく響いた。

「どうして俺をスタメンから外すんですか？」

真剣に、でも少し焦った様子の怜央くんは、間髪入れずに顧問に詰め寄る。

私はその場から動けなくなった。

いつも明るい怜央くんの、こんな声は聞いたことがないから。

「まあまあ、他のヤツにもチャンスを与えたいってことだよ」

あしらうように流す顧問に、怜央くんは納得できないという顔でさらに詰め寄る。

「ずっとじゃないですか。しかも昨日の試合、大事な大一番ってこと監督だってわかってましたよね？」

「でも、勝ったんだからいいじゃないか」

そう言うと、顧問はなだめるようにポンポンと怜央くんの肩を叩く。

「そんなことを俺に言ってくる暇があったら、練習して技術をもっと磨け」

「結果はそうだとしても、なんで急にやり方を――」

「俺のやり方についてこれないヤツは、サッカー部にいらないぞ」

「……っ」

顧問はそう言い放つと、次の授業があるのかテキストを手に、怜央くんの前から足早に去っていった。

顔を歪めたまま、その後ろ姿をじっと見つめている怜央くん。

そんな怜央くんを見ているのがつらくて……私は、見つからないようにそっと職員室を出た。

胸が痛かった。

怜央くんは、これまでどんな気持ちを抱えていたんだろう。

怜央くんは自分の力を過信したり、傲慢になる人じゃない。

それでも、いつまでもスタメン落ちが続けば、その理由を問いたくなるのもわかる。

それに、今の顧問の態度は誠実じゃない。

答えを求めている部員に、あの返答はないよ……。

モヤモヤしたまま迎えたその日の六時間目の前、トイレから教室に戻った私の耳に届いたのは、いら立ったような女の子の声だった。

「ねえ、待ってってば！」

え、なんだろう。

続けて男の子の声も。

「だからなんでもねえって」

「じゃあちゃんと説明してよ！」

入っていいのか、ためらう。

どうしようかとその場で足踏みをしていると。

教室から出てきたのは、大和くんでびっくりする。

大和くんは「おっ」というように眉毛を少し上げると、「ほら、早く行かねぇと遅れるぞ」と中へ向かって声をかけ、教科書を手にそのまま廊下を歩いていった。

それを追いかけるように出てきたのは、凪咲ちゃんでさらにびっくりする。

「えっ、どうしたの？」

まさか、今のやりとりが凪咲ちゃんと大和くんだったなんて。

だって、凪咲ちゃんのそんな声は聞いたことないから。

ふたりはいつだってラブラブで、ケンカするところなんて想像もできない。

少し困惑する私に、凪咲ちゃんは目を伏せた。

「あ、ごめん……ちょっとね……」

「大丈夫……？」

ケンカしたのかな……。

「私たちも急がないと」

次の時間は移動教室で、そう促す凪咲ちゃん。

「うん」

私は教室の中から教科書を急いで取ってきて、歩き出した凪咲ちゃんと肩を並べる。

唇を噛みしめたまま一言も喋らない凪咲ちゃん。

いったい、何があったのかな。

カップルのケンカといえば……まさか、大和くんが浮気？

いやいや、ない。そんなこと絶対ありえない。凪咲ちゃんという素敵な彼女がいて浮気なんてしたらバチ当たりだ。

とはいっても。

うまくいっているように見えるカップルでも、傍目《はため》ではわからない何かがあったりするのかな。

怜央くんとはまだケンカなんてしてないけど、それはまだお互いに遠慮があるからかもしれない。

もっと仲よくなれば、そういうことも出てくるかもしれない。

ケンカはしたくないけど、仲のいい証拠と思えば……。

そんなことを考えながら歩いていると、ふいに視線を感じた。

パッと目を向けると、柱の陰から私をじっと見つめている男の子と目が合った。

なぜか引き寄せられるその瞳に、思わず足を止める。

少し幼さの残る黒髪の男の子。初めて見る顔。

……何年生だろう。

彼は、私と視線が合ったことに気づくとそのまま身をひるがえしてしまった。

「心菜、どうしたの？」

足を止めた私を、凪咲ちゃんが不思議そうに振り返る。

「あ、……今そこにいた男の子が私のことじっと見てて……」

「えっ？　どこどこ？」

「もう行っちゃったけど」

「やだー、心菜ってばモテモテじゃん！」

さっきまでの暗い空気がパッと変わる。

まるで、停電が明けたように。

「そ、そんなんじゃないし！」

本当にそんなつもりで言ったんじゃないけど、凪咲ちゃんにいつもの元気が戻ってきてうれしくなる。

「怜央くんと付き合ってから、ますますかわいくなったもんね。心菜も隅におけないな～」

「そんなことないってば！」

怜央くんと付き合ったから私がモテ始めるとか、そんなのあるわけない。

でも……彼は間違いなく私を見ていた気がする。

好意を持ったような視線じゃなくて、むしろその逆。

冷たく、じとっと視線を送るような。

でも……どこかで会ったような気もするんだけど……どこだろう。

同じ学校の生徒なら見たことがあって当然だけど、なんとなく学校じゃないような気もして。

日常の中の何気ないたった一コマ。

なのに、どうしてかこのことが胸の中でずっとひっかかっていた。


その数日後、私と怜央くんは屋上にいた。

夏休みが明けてから、何度かお昼を一緒に取ることにしているんだ。

大和くんと凪咲ちゃんもそのときは、どこかでふたりで食べているからお互いに気兼ねもない。

「あー、腹減った」

怜央くんは、もう待てないというように、段差に腰かけるとパンの包みをビリッと破いた。

私もその隣に腰かけて、お弁当を広げる。

「今日は寒いな」

「うん、そうだね」

十月に入り、吹く風は少し冷たい。

ここから見えるイチョウの葉も、だんだんと色づき始めている。

「今度から屋上じゃなくて、ランチルームにする？」

怜央くんのそんな提案に、私はドキッとした。

ランチルームとは、学食とは別にお弁当の生徒が教室外で食事をとれる場所。

外で食べないとなると、真っ先に思いつくのはランチルームだろうけど。

「えっと……」

正直、そこは人目につきすぎるから、できれば避けたい。

だって、怜央くんと釣り合わない私が堂々とふたりでお昼を食べるなんて、口から心臓が飛び出そうにハードルが高いから。

それに……手紙の嫌がらせもまだ続いている。

きっと、同じ人だろうけど犯人がわかってない状態で、不特定多数の人が集まる場所にふたりで行くのは、少し怖い気がしたんだ。

「ランチルームだとまずい？」

言葉を濁した私に、怜央くんが再び問いかけてくる。

整いすぎた顔がグッと近づいて、心臓がドクンッと跳ねた。

こんなに素敵な人が私の彼氏……。

まだ、夢の中にいるようだよ。

「あの、えっと……そういうわけじゃないけど……」

脅されてるなんてこと、知られたくない。知られたら、心配させてしまうから。

そんな私に、底抜けに明るい声が聞こえてきた。

「あーわかった。心菜は俺とふたりっきりがいいんだろう。心菜のえっちー」

そして、ツン……と、怜央くんが私の鼻の頭を人差し指で弾いたのだ。

「えっ……」

えっち……!?って。

やだっ。

とんでもない発言に、あたふたする私。

「じゃあいいよ。心菜とこうしてればあったかいし」

突然私を後ろから抱きすくめる怜央くん。

怜央くんの髪の毛が私の頰に当たる。心拍数が上昇する。

けれど、その温かさに安心して……思わず瞳を閉じた。

怜央くんの香りと温もりに包まれながら思う。

……もしかして、何か察してくれた？

見当違いの彼のセリフは、重い空気を軽くするためだと思う。

陰口はきっと気づかれてないだろうけど、私の想いを汲んでくれたのかな。

だとしたら、なんて優しい人……。

「あー、心菜すごい冷えてる」

「えっ、そうかな……」

たしかに、少し寒い。

ブレザーを教室に置いてきたのは失敗だったかも。

「これかけて」

そのとき、背中に感じていた冷たい風が遮断された。

それは、怜央くんが着ていたブレザーだった。

「えっ、怜央くんだって寒いでしょっ……」

驚いて目を見張った先には、ブレザーを脱いでシャツ一枚になった彼。

胸元は大きく空いていて、肌が見えてドキッとした。

「俺は平気だよ。中入ろうって言ったのも、心菜が寒そうにしてるからさ。ほっそいし、熱蓄えらんないんだろ?」

「……ありがとう」

私には大きすぎる、ぶかぶかのブレザー。

怜央くんの温もりにすっぽり包まれているみたいで、ものすごく幸せ。

いうか……。
あ……と、このとき、また既視感に襲われた。
それは、小説で付き合ったふたりが屋上でランチをするシーンを書いたからかな？
でも……それとは違って、なんだか実際に体験したような……。体が覚えてるって
まるで、デートのときの電車の中と同じ感覚。
なーんて。彼氏なんていたことないんだし、そんなわけないか。
妄想甚だしいよね。
怜央くんはパンの包みをクシャクシャと丸めて、袋にしまう。
もう、お昼を食べ終えたみたい。
残りがなくなったのを見て、私はランチトートからひとつのタッパーを取り出した。
「怜央くん、あの……もしよかったら」
それを、おずおずと彼の前に差し出す。
怜央くんは、ん？　と目を見張った。
「あのね、これ、フルーツが入ってるの」
「フルーツ？」
私は頷いた。
いつもは学食で食べている怜央くんも、私と一緒に食べるときは中庭や屋上で食べ

るから、今日みたいに購買のパンだったり、朝コンビニで買ってくる。だから栄養も偏るかな……と思って、フルーツを切ってきたんだ。

「……食べられる？」

「もちろん食えるよ！　大好きだし」

「よかったぁ」

ニコッと笑って受け取ってくれた怜央くんを見てホッとする。

本当は、もうひとつ理由がある。

スタメンを外されて、相当悔しい思いがあるはず。

だから、私なりに怜央くんを応援しようと思ったんだ。

「わあ、すげえ‼」

蓋を開いて感嘆の声を上げた彼は、さっそくパイナップルをつまんで口に運んだ。

他には、キウイ、オレンジ、梨。色どりよく詰めてきた。

「弁当のフルーツって、特別感あってうれしかったよな」

小さいころを思い出したのか、怜央くんは顔をほころばせた。

「私も。なんかワクワクするよね」

「心菜、いいお母さんになるな、きっと」

お母さん⁉

それって、「お嫁さん」よりも恥ずかしくてくすぐったい。

「ははっ、顔真っ赤」

「や、やだっ」

怜央くんは本当に私をドキドキさせるのが上手だ。

いつまでたっても慣れないよ。

「……しばらくこうさせて」

すると突然、ふわりと、怜央くんが背後から私を抱きすくめた。

「……うん」

どこか頼りない声に、この間の職員室での出来事を思い出した。

怜央くんは、きっとつらいはず。

明るく振る舞っていても、どこかで気持ちの糸が途切れるときがあるよね。

私の前では、それを見せていいよ……。

「怜央くん」

「……ん？」

少し掠れた声で反応する怜央くん。

「私は、どんな怜央くんでも好きだよ」

何も考えずに出した言葉は、心の底からの想い。

私はただ、怜央くんが好き。

「ありがとう……」

一言呟いた怜央くんは、もっとぎゅっと私を抱きしめた。

私は無言で、そんな彼の手の上に自分の手をそっと重ねた。

運命の人

「はーーー」

私の隣で、凪咲ちゃんが大きなため息をつく。

最近、凪咲ちゃんはため息が増えた。

理由は大和くんとのことだと思う。

軽い言い合いを耳にしてからというもの、明らかにふたりの仲は良好とはいえない。

ギスギスした空気が漂っていて、私もそのことにどう触れていいのかわからなくて少し困っていた。

でもこんなにもあからさまにため息をつかれて、突っ込まないのもおかしいと思い。

「どうかしたの……？」

原因は大和くんとのことだろうと思いながら、問いかけた。

「なーんかさ、付き合うって大変だよねーって思って」

……やっぱり。

凪咲ちゃんの頭の中は、四六時中大和くんのことでいっぱいなんだ。

大和くんを嫌いになったんじゃなくて、こうなってしまったことに胸を痛め気をもんでいるんだ。

「疲れちゃったな、なんて」

いつになく、弱々しい声。

机の上に広げたハンカチを畳んだり広げたりしながら。

こんなネガティブな凪咲ちゃんを見るのは初めてで戸惑う。

恋愛経験の乏しい私がかけてあげられる言葉なんて見つからないけど。

「そっか」

その気持ちには寄り添ってあげたい。

力なく呟いた凪咲ちゃんの肩に手を置いて……少し力を込めた。

「なーんかさ、大和が信じられなくなっちゃったんだよね」

「……うん」

「しょせん他人だもんね。信じてる、なんて言葉は、自分を安心させるためだけで結局はなんの効力もないんだよ」

本当にどうしたんだろう。

少しケンカしたっていうレベルじゃなさそうな発言に、私も落ちつかない。

ふたりが別れの危機にあるとしたら、世の中のカップルすべても危うい。

そう思うくらい、お互いを思っているのが傍目にもわかるお手本のようなカップルだから。

「あー、大和は運命の人じゃないのかなー」

いきなり顔を上げて天井を仰いだのは、涙がこぼれないように……かもしれない。

「私だって、怜央くんが運命の人かなんてわかんないな」

「またまたー。心菜と怜央くんは超お似合いだよ」

それを言うなら、誰に聞いても凪咲ちゃんと大和くんだろうに。

どこまで深く突っ込んでいいのかもわからず。

「なーんて、運命の人なんて本当はどこにもいないのかもね」

凪咲ちゃんは明るく言うけど、本当の心の内はわからない。

長く付き合っているからこそのすれ違いもあるのかな。

けれど、凪咲ちゃんが明るく言うから私も笑った。

「ね」

「生まれ変わったら、また心菜と親友になりたいけど、大和と付き合いたいかっていったら……微妙だな」

肩をすくめてニコッと頬を上げるその仕草が痛々しくて……。

「私も生まれ変わっても凪咲ちゃんと親友になりたい！」

ポジティブな言葉だけを拾い、笑顔を見せた。

「最近、怜央くん試合出ないよねー」

廊下ですれ違いざま耳にしたふたり組の女の子の声に、ぴくっと反応する。

窓の外を向いて話しているふたりは、彼女の私が今ここにいるなんてことにはまったく気づいてないみたい。

立ち聞きはよくないけど、気になって耳を傾けてしまう。

「ほーんと、何のために見に行ってるかわかんないよー」

彼女たちはサッカー部の試合を見に行っているようで、不満そうに口をとがらす。

怜央くんが試合に出ないことは、本人だけじゃなくファンの女の子たちにも寂しい思いをさせているんだ。

私だって、試合を見に行けなくて寂しいんだから、そうか。

「そういえばさー、大和くんがマネージャーの子とどうのこうのってのもあったじゃん？」

「ああ、知ってる！　合宿でふたりが同じベッドで寝てた写真が出回ったってやつね！」

えっ？　何それ。そんなの知らない。

私の足は、ますます動かなくなる。だって、これは聞き逃せない内容だから。

大和くんにそんな浮ついた噂があったの？

あ、そういえばこの間、凪咲ちゃんが大和くんに詰め寄っていたのはこのことなのかな……？

それがギクシャクしている原因？

「彼女が怒ってマネージャー呼び出して問い詰めたら泣いちゃって、逆に大和くんはマネージャーの子をかばったって話じゃん？　噂だけで勝手なことすんなって」

「えー、それひどくない？　噂も何も、ちゃんと証拠があるんじゃね〜。だって誰かが彼女に写真送ったらしいよ」

「うわー、こわ！　それマネージャーの子だったりして！」

「だとしたら、したたかすぎるよね〜」

凪咲ちゃん……。

私には一言も相談してこなかったけど、そんなつらい出来事があったなんて。

まるで自分のことのように胸が苦しくなる。

「そういえばさー、大和くんの彼女って宮内さんの友達なんだよね。ってことはやっぱりアレだよ」

「なになにー？」

えっ……。

ここで自分の名前が出てくるとは思わず、心臓がヒヤリとした。

アレって、なんだろう。

私も会話に参加しているかのように耳を澄ませた。

「怜央くん、宮内さんと付き合い出したでしょ？」

「うんうん」

「怜央くんは最近部活で干されちゃってるし、大和くんと彼女もゴタゴタしてるし、それって、全部宮内さんがツキを下げてるってことだよ！」

「なるほど〜。あの子と怜央くんが付き合い始めてから、あの子に関わる人のツキが下がってんだね〜」

「そうそう。なのに本人だけは怜央くんと付き合えててラッキーっていう」

「きゃははは っ……なんだかね〜。あ、やばっ！」

そこで視線を横に流した彼女が、私に気づいた。

「え？ ……あっ！」

もうひとりも気づき、ふたりは「行こう」と腕を取り合うようにそそくさとその場から立ち去った。

けれど足が棒のようになっていた私は、逃げることもできずその場に立ち尽くしたまま。

私は別の意味でそこから動けなくなってしまった。

なんだろう、今の話……。

怜央くんが部活で干されてることにプラスして、大和くんの浮気疑惑。

私がツキを下げている……。

ぼんやりと彼女たちの話を頭の中で整理して。

……待って。私が怜央くんと付き合い始めたことで、いろいろなことが悪い方向に行ってるの……？

怜央くんがスタメンを外されて、凪咲ちゃんと大和くんの仲がおかしくなったのは、私のせい……？

そんなことあるわけ……ないよ……。

だって、これは私が小説に書いたことでもなんでもないし。

私が書いたことが現実に起きることはあっても、書いても願ってもないことが起きるなんて。

そんなことがあるわけないじゃん……っ。

——と。

職員室で、怜央くんが顧問の先生に詰め寄っていた姿を思い出す。

練習をさぼったわけでもないし、実力が落ちたわけでもない。

理不尽だって凪咲ちゃんは言っていた。

だったら……やっぱり私と付き合ったことで、怜央くんのツキが落ちたの……？

凪咲ちゃんと大和くんだって、今までケンカひとつしたことなかった。

「……っ」

じゃあ……やっぱり、私……？

私が怜央くんと付き合い始めたのをきっかけに、まわりの環境が悪いほうへ変わった……？

考えれば考えるほど、私のせいに思えて胸が苦しい。

どうしよう……。

「ひゃ……っ！」

悶々《もんもん》と考えていた私の頬に、突然氷のような冷たさを感じて。

思わず変な声を出してしまった。

な、何……？

「ははっ、心菜のリアクションって相変わらずおもしれ〜」

私を見下ろしながらケラケラと笑っているのは、怜央くんだった。

彼の手にはジュースが握られていて、それは私の頬に押し当てられている。

なんだ……ジュースだったのか。

冷たさの元を理解してホッとしたのもつかの間、さっきの女の子たちの会話を思い出し、その笑顔に胸が苦しくなる。

怜央くんは、私のせいで……。

小説に書いたことが本当になるくらい。

私と付き合ったことで、怜央くんのツキが悪くなる……なんていう可能性がないとも思えない。

「つーか、探したんだけど？」

怜央くんは、少し不満そうに唇をとがらせる。

「あ、ごめんね……」

お昼ご飯を食べ終わって、今日が期限の書類を職員室に持っていってすぐ戻るつもりが、帰りにあんな会話を耳にしたから。

スマホで時間を確認すると、お昼休みが終わるまでもうそんなに時間が残っていなかった。

ところで、私を探してたって、どうしてだろう。

「これあげる」

不思議そうに見上げた私に、今度は笑顔になって渡されたのは、「レモンスカッシュ強炭酸」と書かれたジュース。

さっき、頬に押し当てられたものだ。

「なんかあった？　でもこれ飲んだらスカッとするよ」

そういう彼も同じものを持っていて、笑いながら自分の喉へ流し込む。

なんかあった？　なんて。

私の表情を見て気づいてくれたの？

現在進行形で苦しい思いをしているのは怜央くんのほうなのに。

人のこと、気づかってる余裕なんてないはずなのに。

どうしてそんなに優しいの……？

怜央くんの変わらない優しさに涙が出そうになった。

「ほら、飲んで」

「う、うん」

怜央くんが蓋を開けてくれる。

プシュッ‼と、通常の炭酸より激しい音がした。

「いただきます」

口に含んだ瞬間、思わず真顔になる。

うっ、ほんとに刺激が強い。

ただでさえレモンで刺激があるのに、さらに強炭酸なんて。

「う～～っ……痛い……」

舌がピリピリしてる。

「ははっ」

そんな私を見て、怜央くんは思惑どおり！みたいな顔をして笑う。

「目が覚めるくらい強烈だね。なんか頭が爽快になった」

刺激の強さに、目をパチパチさせる。

モヤッとした気持ちも、少し晴れた気がする。

「だろ？　気分をスカッとさせたいときにはこれを飲むんだ。それにうまいし、一回心菜にも飲ませてみたかったんだよ。ちょうどよかった」

ニコッと微笑まれて、私まで笑顔になる。

怜央くんの笑顔は、まわりを笑顔にする不思議な力があるんだよね。

「そうだ。俺さ、地元のフットサルチームに入ったんだ」

窓辺に背をつけながらさらりと口にした言葉は、私を驚かせた。

「え？　フットサル？」

「ああ。心菜も知ってるかもだけど、じつは俺、部活でスタメン外されてんだ」

やけに明るく言ってのけたけど。

そろそろと見上げたその横顔は、少し寂しそうに見えた。

声色は、心と真逆なのかもしれない。

「ほら、実践から外れるとさ、試合のカンもやっぱ鈍っちまうし。学校で出れないならどこかでできるとこ探して自分なりに技磨いときたくて」

「怜央くん……」

「そこのチームの監督さんが昔からの知り合いで、事情を話したら期間限定でもいいから入れって誘ってくれて。だから……しばらくは休みの日もどっか行ったりできねえかも……」

こんなにサッカーが大好きで、真面目に取り組んでる彼に心を打たれる。

なのに試合に出してもらえないなんて理不尽だけど、私が言うことじゃない。

一緒になって「ひどいよね」なんて言ってほしいわけじゃないはず。

「俺さ、幼なじみがいるんだ」

突然話題が変わり、私は、「え？」と顔を上げる。

「そいつに約束したんだ。俺はサッカーを一生懸命頑張る……お前の分も……って」

……え？　お前の分も？

そんな言葉に、胸がざわっとしたとき。

「そいつさ、病気で死んじまったんだ」

窓の外を見て、少し遠い目で……。
えっ……。
怜央くんの幼なじみが？
あまりに衝撃の告白に、言葉が出なくなる。
「だから、こんなことでくよくよしてる暇なんてないんだよ」
そう言って頬を上げた怜央くんの目は、しっかり前を向いていた。
怜央くんに、そんなつらい出来事があったなんて。
込み上げてくるものを押さえるために、唇を噛みしめた。
そんな大事なことを、私に話してくれた怜央くんに、今、私ができることは。
「怜央くんのこと、一番に応援してるから」
近くで応援し続けること。
私のせいでツキが下がったなんて言わせない。
一生懸命頑張ってる彼が、ちゃんと自分の実力で評価されますように。
「おう。ちゃんと試合に出れるようになったら、また見に来てくれよな」
ポン、と頭に乗せられる手。
もちろん見に行くに決まってる。
うっかり涙がこぼれそうになってしまい、鼻をすする。

「そのときはまた、俺から誘うから」

「うん、楽しみにしてるね」

それまでは、そっと見守っていよう、心にそう誓ったとき、ふと、どこからか視線を感じた。

引き寄せられるようにパッと顔を振るけど……そこには誰もいなかった。

なんだ、気のせいか。

だけど、最近いつも誰かに見られている気がして仕方ないのだ。

「ん？　どうしたの？」

そんな不審な行動は、怜央くんにも気づかれてしまったようで。

顔を覗き込んでくる彼の眉は下がっている。

「あ……えっとね……私、最近誰かに見られてるような気がして……」

「見られてる？　それって男？　女？」

「うーん……女……いや、男、かな……」

「ん？　何それ」

首をかしげる怜央くんは、含み笑いする。

怜央くんと付き合い始めて、いろいろな女の子からじろじろ見られるようになったのはたしか。

怜央くんひとりでも注目されるのに、私と怜央くんが連れ立って歩いていれば、違う意味で視線を浴びてしまう。

でも、それとは別の視線を感じるのも事実で。

「心菜、大丈夫か？」

「ん？」

「なんかあっても、絶対にひとりでどうにかしようとするなよ？　必ず俺に相談すること。いい？」

まるで先生のような口調に、クスッと笑いが漏れた。

「うん。ありがとう」

怜央くんの隣。

ここが今、私が一番安心できる場所なんだと心から思った。

現れた彼

それから数日後の放課後。

「凪咲ちゃんバイバイ」

「うん、バイバイ。日直の仕事頑張ってね」

凪咲ちゃんに手を振ると、彼女も優しく振り返してくれる。

今日、私は日直で、まだ日誌を書いたりと仕事が残っているから先に帰ってもらうことにしたのだ。

「ありがとう」

「じゃあまた明日ね」

相変わらず、凪咲ちゃんと大和くんとの間の溝は修復できていない。

私に手を振るその顔はやっぱりどこか元気がなくて、私まで気持ちが沈む。

怜央くんと付き合ったことで、私のまわりの人のツキが下がった……なんて誰かの話は、気にしないようにと思ったって、どこかで気にしてしまう。

やっぱり、私が怜央くんと付き合い始めたから……？

私が、歯車を狂わせちゃったの？
どこかで自分を責めてしまう。
「はぁ……」
やる気が起きず、適当に日誌を書いて職員室へ持っていった。
教室まで戻る途中、ふと、窓枠に腕を乗せて、外の景色を眺めた。
葉っぱはすっかり色づいて、金木犀《きんもくせい》も咲いている。
「もう秋かぁ」
最近は気に病むことが多くて、季節を感じる余裕なんてなかったな……。
しばらく外を眺めていて、ふと、視線を下に落としたとき。
──ドクンッ。
私を見上げる瞳と、視線がぶつかった。
それはひとりの男の子。
あの人は……。
いつか、私をじっと見つめていた男の子だ。
間違いない。
最近感じる視線は、彼なんだ。
そう直感した直後、その目に微かに記憶の何かが反応した。

あの目、どこかで見たことがある。

……そうだ、思い出した。

怜央くんとのデートの日、映画館でぶつかったあの人に似ているんだ。

その瞳も、感じた悪寒も。

冷たく、思わず背筋がゾクッとしたのを覚えている。

すると、また今日も彼は私から目をそらし、サッと身をひるがえした。

それを見てどうしてか、彼を追いかけなきゃいけないような気にかられて……。

私はそこからダッシュで階段を駆け下り、さっき彼がいたグラウンドまで飛び出した。

ぐるりとあたりを見渡すと、ちょうど校舎裏へ消えていくその背中が目に入った。

「あのっ……」

怜央くんには、ひとりでどうにかするなって忠告されたけど、怜央くんだって自分のことで精一杯なはず。

頼るなんてできない。

その背中に向かって声をかけると、彼はピタッと足を止めた。

追いかけていたくせに、足を止められたら、またいい知れない悪寒が体中を襲う。

……なんなんだろう。この感覚は。

続けて声をかけられずにいると、彼がゆっくり振り向いた。

やっぱり……あのときの彼で間違いない。

冷たく鋭いと思っていた瞳は意外にも大きくて、じっと見つめられると吸い込まれそうな威力を持っていた。

今日もゾクリと悪寒を感じるその瞳に、私は目をそらす。

本当は、関わりたくなんかない。

だけど。

「あの……私に……何か用ですか……？」

対峙してまで問いたかったのは、なぜか聞かなきゃいけない……そんな不思議な直感のせいでもあった。

私は彼を知らないのに、彼は私を知っているの？

だって、いつも私を見て……。

「本当はこんなことしたくなかったんだけど」

いきなり攻めの姿勢で会話を始めた彼に、一瞬頭が混乱した。

まずは、名前を名乗って……とか、そんな平和な会話を想像していたから。

「君がなかなか思い出さないから」

思い出さない……？

なんの、こと？

「あのえっと……あなたのことを……？」

映画館でぶつかったときが初めてじゃないの？

その他は、覚えがないんだけど……と思いながら彼の顔をじっと見つめる。

彼の返答は、思いもかけないものだった。

「僕のことじゃないよ」

「……え？」

「今君が体験していることすべて、だよ」

「……？」

なんの、話……？

私が体験しているすべて……って。

それを思い出すって、どういうこと？

「ここは、現実の世界なんかじゃない。君は、過ぎた世界をもう一度繰り返しているんだよ」

あまりに真面目な顔で突飛なことを言うものだから、言葉に詰まった。

からかうにしても、もう少し現実味のあることを言ってくれないと……。

自分で引き留めたくせに、やっぱり彼と関わるのは危ない気がして。

「あ……私やっぱり……」

直感なんて、何かの間違いだったんだ。

あえて言うなら、危険だという直感のほうが正しい。

そっとフェイドアウトしようとしたとき。

「信じるも信じないも君次第だけど」

それを許さなかったのは、投げるように放たれた一言。

ジャリッ……。

どうしてか、足が止まってしまった。

そんなの信じるわけないのに。

フッと不敵に笑った彼は、再び口を開く。

「じゃあ、なんのために君はやり直してるの？」

さっきから淡々と落とされる言葉に、頭は混乱するばかり。

「後悔してるから、やり直してるんじゃないの？」

後悔って……？

「あの、言ってる意味が……」

さっきまでふざけた話をされていると思っていたのに、こんなことを問いかける私はどうかしているのかもしれない。

そもそも、相手にする話でもないのに。

でも、どうしてか、聞かずにはいられなくて。

経験した世界とか、やり直しとか。

まったく身に覚えがなくて、わけがわからない話だけど。

……なんだか胸騒ぎがして仕方ないの。

「思い出せないなら教えてあげる。現実世界の君は今、交通事故に遭って病院に入院しているんだよ」

「ちょっ……」

何を言ってるの？

あまりに突飛な言葉に口を挟んだけれど、彼は有無を言わせず先を続けた。

「相馬怜央と一緒に事故に遭ったんだ」

「……っ」

淡々と告げるそれは、ウソだ、なんて笑い飛ばせるような内容じゃなくて。

怜央くんと、一緒に事故に……？

自分の顔が固まっていくのがわかった。

「そして、相馬怜央は命を落とした」

「ちょっと……！　ふざけたこと言わないでっ！」

それは聞き捨てならない言葉で、思わず声を張り上げた。

怜央くんが……亡くなっただなんて。

……っ。

そのとき。

〝あの頭痛〟が私を襲った。

思わず頭に手を当てて目をつむる。

「やり直してる証拠に、君はこれから起こることを知ってただろ？」

これから……起こること……。

知ってた……？

顔を歪めながら覗いた細い視界からは、相変わらず表情を変えない彼が映る。

「身に覚え、ない？」

「……それは……っ」

言われてみれば。

知っているわけじゃないけど、小説に書いたことが実際に起きるようなことが何度かあった。

単なる偶然だと思っていたけど。

それは――。

「君がすべて、一度体験したからだよ」
体験したから？
何それ。
じゃあ私は、知り得た未来を小説にしてたってこと？
いや、私は何をまともに受けているんだろう。
そんなことあるわけないじゃん。
「思い出せない？　事故のこと」
彼がそう言った途端。
頭の痛みが強さを増した。
ズキズキと奥のほうまで突き刺してくる。
「うっ……」
ぎゅっときつく目を閉じると、真っ暗な脳裏にぼんやり浮かび上がる映像。
車通りの多い交差点。
私は何かから逃げるように走っていて。
その光景を知っている……漠然とそう思った。
なんなの、これは……。
呼吸が苦しくなって、私はその場にしゃがみ込む。

『──待って……！』

聞こえたその声は……怜央くん……？

『キィーーーーーーッ‼』

響く車のブレーキ音。人々のざわめき声。

何、これは、何……？

ぐるぐると回る視界。

「うっ、あっ……はぁっ……」

ドクドクと全身の血液がものすごいスピードで体中を廻《まわ》っていくのがわかる。

頭が割れるような痛みに襲われた瞬間、目の前に閃光《せんこう》が走った。

「……っ」

そうだ……。

私は……あの日、怜央くんから……。

「思い出した？」

胸を押さえながら、彼をそろそろと見上げる。

「ね、言ったでしょ。ここは、やり直しの世界なんだよ」

表情のないその瞳はひどく冷たく、まるで人形のよう。

……やり直しの世界。

ここは現実の世界じゃないの？

そんなこと、ありえるの……？

「ねぇ……っ」

もっとちゃんと説明して。

怜央くんが亡くなったって、どういうこと？

そしてあなたはいったい誰なの？

絞り出すように呼びかけたときには、彼はすでに身をひるがえしていて。

まっ……てっ……！

声にならない声を出す私の前で、その後ろ姿はすでに小さくなっていた。

日の傾いた校舎のまわりは、一面黒い影で覆われ始めた。

風が吹きすさみ、足元では落ち葉がくるくると躍る。

ブレザーを羽織っているものの、ひんやりとした空気は体の熱を奪っていく。

それでも私は動けずに、校舎の壁に背をつけて、ぼんやりと天を仰ぐ。

……そうだよ。

彼の言っていることはウソじゃない。

ありえないと思ったくせに、私の記憶がそうさせてくれない。

……思い出してしまったから。

本当の私は交通事故に遭って、入院していることを。
そして……怜央くんが亡くなってしまったことも……。
それが苦しくて、つらくて、悲しくて。
泣いて泣いて泣いて過ごしていた自分のことも……。
私は目をつむり、〝一番新しい記憶〟を思い返した。

＊＊＊

『心菜？　気づいた？　お母さんよ！』
私は交通事故に遭い、七日間意識不明の状態が続いたあと、奇跡的に目覚めた。
言葉も記憶もはっきりしていて、後遺症もなくまわりを安堵させた。
でも……。
『心菜、落ちついて聞いてね……』
お母さんから聞いた衝撃の話。
怜央くんが、この事故で亡くなった――と。
『いやあああああああっ……』
そんなの認めたくなくて。

『やだっ、やだっ……！　怜央くんに会わせて……っ……』

いくら泣いても叫んでも。その事実は変わらず。

食べるのも苦痛。寝るのも苦痛。起きてても……苦痛。

怜央くんがこの世にいないという事実は、私の回復をさらに遅らせていた。

『少しでもいいから、ご飯を食べてちょうだい……』

家族の心配はわかるけど、私はすべての気力を失ってしまい、何のために生きているのかさえわからなくなってしまったんだ。

ただ、私は毎日願い続けていた。

神様、お願いだから、もう一度怜央くんに会わせてください……と。

＊＊＊

「怜央くん……」

すでに真っ暗になった校舎裏。

名前を呼べば涙が溢れた。

思い出したよ、私。

全部、全部思い出したよ……。

やっぱりここは、現実じゃなくてやり直しの世界なんだ。

出会いも、好きになり始めたときの淡い気持ちも、初めて手をつないだ日も、初めてのデートも、初めてのキスも。

私が【木いちご】で書いていた小説は。

書いたことが本当になっているんじゃなく。

一度経験したことなんだ。

きっと記憶のどこかで覚えていて、私はそれを文章にしていただけなんだ。

何度か感じた既視感も、きっとそのせい……。

ここが、やり直しの世界って、どういうことなんだろう。

怜央くんが亡くなったことがつらすぎて悲しすぎて、説明のつかない不思議な現象が起きたの……？

「はぁ……」

膝を抱えて顔をうずめた。

こんなことってあるの？

人生のやり直しなんて。

でも、これが本当なのは、他でもない私が一番わかっている。

いったい、いつから私はここにいるんだろう……。

小説を書き出したあのとき……あのときはすでに私はやり直しに入っていたの?
きっとそうだ。
怜央くんとの出会い方を知っていたから、あんな小説を書いたんだ。
事実は小説より奇なり——か。
この不思議な現象の理屈はわからないけど、今の世界がやり直しだとわかった今、
もしかして未来を変えることができたのかもしれない。
次に目覚めたら、怜央くんが生きている、〝今まで〟の世界に行けるの?
早く、早く、〝今〟の怜央くんに会いたいよ……。
そう思いながら眠りについた私が翌朝目覚めたのは。
昨日と変わらず、やり直しの世界だった——。

Chapter 4

記憶の糸をつないで

朝。

教室で怜央くんに声をかけられて、私はビクッと肩を上げてしまった。

「おはよ、心菜」

「……っ、なんでもないっ……おはよっ」

「どうしたの？」

うまくその顔が見れずに、私はカバンを机に置くと、教科書をしまう。

やり直しの世界だと知って過ごす時間は、昨日までとは同じになんていかなくて。

見るものすべてが、違って見えた。

今日はみんなにとってはじめての一日だけど、私は違う。

すでに経験したことのある日なんだ。

さらに、もうすぐ来る未来に、私と怜央くんは交通事故に遭って……怜央くんは亡くなってしまう。

そう思ったら、今までみたいに過ごせるわけない。

ふいに、怜央くんの手が伸びてきてドキッとした。

「曲がってる」

その手は、私の胸元のリボンへと。

「はい、これでよし」

「あ、ありがと……」

優しくて、大好きな彼。

なのに、どうして怜央くんは亡くなってしまったの？

あんなに頑張り屋な怜央くんが。

そんなこと、あっていいわけないよっ……。

「どーした？」

「え……」

リボンに触れたまま、覗き込むように顔を近づけられ、ハッとする。

吐息が触れ合うくらいの距離。

相変わらずきれいで整った顔は、初めて会ったときから変わらず何度見てもドキドキする。

「そんなぼーっとしてると、また強炭酸飲ませるぞ」

イタズラに笑う怜央くんに、私も笑い返す。

「いいよ。あれおいしいもん」

もっともっと、怜央くんと一緒にいたいよ。

また一緒に、ジュースも飲みたいよ。

いくらでも、飲ませてよ……。

怜央くんの前では笑顔でいたいのに、すべてを思い出してしまった私はちゃんと笑えていたかな……。


それから数日。

私はいつまでたってもこの世界に留まったままだった。

でも、それはうれしいことでもあった。

〝生きている〟怜央くんに会えるから。

元の世界に戻ってしまったら、そこに彼はいない。

そんなの……耐えられない……。

それに、この不思議な現象には、ひとつの希望を見出《みい》だせていた。

同じことを繰り返しているとしたら、私たちが交通事故に遭う日もやってくるはず。

ということは、事故を防げる可能性もあるはずだから。

つまり、過去を変えるということ。

そのために私は今、この世界にいるんだと考えるようになっていた。

でも、どうしたら事故を避けられる？

何か、特別な方法はあるの……？

あまりにありえないことだから考えてもわからないし、誰にも相談できない。

唯一、話せる人物……それはあの〝彼〟だけだ。

彼はこの学校のどこかにいる。

彼に会えば、また何かわかるかもしれない。

移動教室、購買に飲み物を買いに行くときなど、常にまわりをキョロキョロしてしまう。

けれど今となっては、あれだけ感じていた視線をまったく感じなくなってしまっていた。

「心菜、どうしたの？」

「えっ、ああっ……」

あまりにまわりばかり見ているから、凪咲ちゃんにも不審がられてしまった。

学年もクラスもわからず、彼を探すのは困難を極めていた。

——再び彼が現れたのは、考えすぎて頭がパンクしそうになったころ。

放課後、ひとりで図書室に借りた本を返しに行ったとき、ばったり遭遇したのだ。

この間と同じように、少し冷たい目。

でも、その瞳に出会えたことに今日はホッとさえしてしまう。

彼も、その瞳に私を映しても今日は逃げなかった。

「あの……私はこれからどうなるの？」

すがるように彼に問う。

この先のカギを握っているのは、きっと彼だけ。

「やり直しているってことは……つまり今回の世界では未来を変えることができるの？」

焦る私とは対照的に、今日も彼は冷静だった。

「変えられないだろうね」

断言され、絶句する。

変わらないの……？

じゃあ……なんのために、私はやり直しているの？

「君はまだ一番大切なことに気づいてないから」

「大切な、こと……？」

「君がこの世界に戻ってきた本当の理由」

本当の理由？

「じゃあ……やっぱり」

私は、自分が立てた仮説を話した。

「つまり、事故に遭った日までくれば、過去を変えることができる。そうでしょ？だから、私はもう一度同じときを繰り返してるんでしょ？」

「ふっ……」

不敵に笑った彼は、淡々と言い放った。

「このまま本当の世界に戻っても、君はまた事故に遭って彼のいない世界で目覚めることになると思うよ」

「……どういうこと？」

「考えてみなよ。君は、このあと何が起きるか知ってるだろ」

「このあと……」

……そうだ。

私は事故に遭って、病院にいる自分のことを思い出した。

となると、現実世界では、そこまでときが流れている。

そもそも、私と怜央くんはどうして事故に遭ったんだろう。

このあと、私の身に何が起こるの？

〝今の私〟はすべてを知っているはずだ。

「……っ」

また、頭に痛みが走った。

思い出そうとすると、頭痛がするらしい。

でも、どうしても思い出さなきゃいけない。

私がここへきた本当の意味が別にあるなら、それがなんなのか。

また今日も、激しい痛みを伴いながら、私は記憶をたどった。

＊＊＊

それは、怜央くんと付き合って三ヶ月が過ぎたころだった。

過去の世界でも、まさに今の世界で私が体験しているのと同じ状況だった。

怜央くんはサッカー部の試合に出してもらえず、地元のフットサルチームの練習や試合に出て。

凪咲ちゃんと大和くんの仲はギクシャクしていた。

そして、私はある事実を知ることになる。

それは、偶然だったんだ。

授業の間の休み時間。

ひとりでトイレへ行ったときのことだった。

用を済ませて、個室から出ようとしたとき。

——バンッ。

ものすごい勢いでトイレの扉が開いた。

「あ〜もう！　ほんっとしぶといなあ！」

騒々しい声が聞こえて、カギを開けようとしていた手が止まる。

すると続けて聞こえてきた声に、心臓が止まりそうになった。

「宮内心菜、なんなわけ⁉」

今までも、これ見よがしにひそひそとささやかれることはあったけど、この声の主は私がここにいることを知らない。

ということは、容赦ない悪口を覚悟しないといけない。

前にも、そんなことがあったし。

体に緊張が走る。

「ほんと、うっとうしいんだよね」

よく聞いてみると、その声は藤谷さんで。

またか……という思いと、やっぱり悲しいという思いが交じり合う。

「怜央くんにはちょっとつらい思いさせちゃってるけど、それも全部すみれのためなんだからね」

「……うん」

小さく同意する声は、すみれちゃんだ。

怜央くんにつらい思い……？

どういうことだろう。

「でも……こんなにそのとおりになるなんて思わなかった……」

すみれちゃんの声は細く、少し震えているようにも思えた。

「言ったじゃん、絶対そうなるって。サッカー部の顧問、うちのお兄ちゃんに頭上がんないからね〜」

お兄ちゃん？

たしか、藤谷さんのお兄さんは去年の卒業生で、サッカー部の伝説のキャプテンと言われるくらいすごい人らしいけど。

「お兄ちゃんにちょっと怜央くんの悪評を吹き込んだら、すぐに顧問の耳にも伝わって、あっという間に怜央くん干されちゃったもんね」

……何それ。

怜央くんがレギュラー落ちしているのは、裏で藤谷さんが仕組んでたことなの？

なんのために？

「もしかして……もしかしてだけど、大和くんと山本さんの不仲も？　サッカー部のマネージャーのカンナちゃんとどうのって……」

「きゃははっ、気づいた～？　そーだよ、あれも私。うちのお父さん、テレビ局で働いてるでしょ？　カンナちゃんの好きなアイドルのサインもらってあげるって言ったら、引き受けてくれたの」

……私は今、とんでもなく恐ろしいことを耳にしている気がする。

手が震えて……体も震えてくる……。

「寝てる大和くんのベッドに入って一緒に写真を撮るように指示を出したんだー。マネージャーだし、合宿あるからそんなの簡単でしょ？　それにしても、大和くんがカンナちゃんをかばったっていうのはうれしい誤算だったよ～。こんなにうまくいくとはね」

……‼

思わずカギを開けて飛び出していきそうになった。

はらわたが煮えくり返るという感情を初めて知った気がする。

カッと頭に血がのぼる。

どうしてそんなことするのか理解できない。

なんのために？

「ねえ……真帆……。ちょっとやりすぎじゃない……？」

「はあ？　今さらなんなの？　私はすみれのためにやってんの」

「……」

「だって、どう考えたって、怜央くんにはすみれのほうがお似合いでしょ？　それに好きじゃないとか言っておきながら、のうのうと怜央くんと付き合うとか意味わかんない」

すべての動きが停止した。いや、動けなくなってしまった。

怜央くんとのうのうと付き合ってるって。

これって、私……？

私が怜央くんと付き合っていることと、藤谷さんの悪行には何か関係があるの？

「大人しそうな顔してあざといし。私、宮内心菜みたいな子、大っ嫌いなの。怜央くんも山本さんも、宮内心菜と関わってることが罪」

……のぼっていた血が一気に引く。

燃えたぎっていた体が、一瞬で冷たくなっていくのを感じた。

私のせいなの？

私が怜央くんと付き合ったから、怜央くんがレギュラーから外されて、大和くんに浮気疑惑が着せられたの……？

全部全部、これは私のせいなの……。

私と関わってツキが落ちたなんてことも言われていたけど、じつは本当に藤谷さんにそう仕組まれていたの？

そこまで私は藤谷さんに恨まれているの？

「あっ、チャイムだ。すみれ行こうっ！」

そのときチャイムが鳴り響き、ふたりは何事もなかったかのようにトイレを出ていったけど、私は放心してそこから出られずにいた。

体が震えてどうしようもない。

怜央くんも、凪咲ちゃんも大和くんも。

今苦しんでいるのは……全部私のせいだったんだ。

そう思ったら、目の前の藤谷さんを責める以前に、悔しくて涙がポロポロこぼれてきた。

私が気に入らないなら直接私に言ってくればいいのに。

どうして私のまわりの人を苦しめるの。

「ううっ……うっ……」

しょせん、釣り合ってない私なんかが怜央くんと付き合ってるから。

私が全部悪いんだ。

私は動けないほどのショックで、一時間そこで過ごしてしまった。

次の授業の開始を告げるチャイムが鳴り、いつまでもここに居座るわけにもいかず仕方なく教室へ戻ると。

「心菜どうしたの⁉」

凪咲ちゃんが心配そうにすっ飛んでくる。

その顔を見て心の中が、ずしんと重くなった。

私なんて、心配してもらえる立場じゃないのに。

「……お腹が痛くてトイレに……」

「えっ⁉　一時間も⁉」

「ずっとじゃないけど……教室に戻ってもまたお腹が痛くなったら困るから……」

口から出まかせを言ってしまった。

全部ウソなのに、凪咲ちゃんは優しく私に寄り添ってくれる。

「そういうときってあるよね。大丈夫？」

なのに、私のせいで凪咲ちゃんを悲しませているなんて、自分が許せなかった。

悪いのは藤谷さん。それは間違いないけど、私が怜央くんと付き合っていることがそもそもの原因だから、そこからは切り離せない。

ごめんね、凪咲ちゃん……。

心の中で必死に謝って、友達数人とケラケラ笑い合っている藤谷さんをじっと見据えた。

信じられない。

どうして……？

どうして私じゃなくて、私の大事なまわりの人を傷つけるの。

文句があるなら、私に直接言ってきてよ……。

いたたまれないまま、次の授業が始まる。

内容なんて耳にも頭にもまったく入ってこない。

あんなことを聞いて冷静でいられるわけがない。

怜央くんに目を移すと、彼は居眠りをしているようで時折頭がガクッと落ちては、またゆっくり船をこぐように揺れていた。

疲れているんだ、きっと。

私と隣の席のときは、居眠りをすることなんてなかったのに。

学校での部活に加え、フットサルの練習や試合。疲れないわけがない。

そうさせているのは、私なんだよね……。

「相馬ー、相馬ー」

教壇から、先生が怜央くんの名前を呼ぶ。

居眠りしているのがバレたみたい。

あんなに堂々と寝ていたら、バレるのは当然だし先生も注意せざるを得ないよね。

しかも、今の授業はサッカー部の顧問が受け持っている。

藤谷さんの話を聞く限り、怜央くんは顧問から目の敵にされていてもおかしくない。

「相馬ー起きろー」

先生の声が強くなり、弾かれたように怜央くんの肩が上がった。

一気に覚醒したからか、今の状況が掴めないらしくまわりをキョロキョロしている。

「最近たるんでるぞ。そんなことだからレギュラーだって他のヤツに奪われるんだ」

もっともな顔をして怜央くんに向かって告げる先生。

ひどい。そんなこと言うなんて。

違うじゃない。

全部、藤谷さんのお兄さんの指示を受けてやってることなんでしょ？　教師として最低な行為を……。

「……はい」

ごめんなさい、怜央くん……。

素直に返事をする怜央くんをもう見ていられなかった。

視線をそらすと凪咲ちゃんが視界に入った。

凪咲ちゃんは凪咲ちゃんで、授業に集中できないみたいで、黒板じゃないところに目を向けている。

その視線をたどれば……大和くん。

『生まれ変わったら……大和と付き合うかって言ったら微妙だな』

そんなのウソだよ。

あんなに大和くんが好きだったじゃん。

そもそも大和くんは浮気なんてしていなくて、藤谷さんが仕組んだ策略。

そんなものでふたりの仲がおかしくなってるなんて。

涙が溢れそうで、グッと唇を噛みしめる。

私が泣く資格なんてない。

噛みしめた唇からは、血の味がした。

すべてを知ってしまった以上、このままでいいわけない。

だけど、私はどうしたらいいんだろう。

サッカー部の顧問に直談判《じかだんぱん》？

マネージャーの子を問い詰める？

いろいろと考えながら廊下を歩いていると、やっぱり今日もこんな声が聞こえてきた。


「ねぇねぇ、あの子怜央くんの彼女なんでしょ？」

「あー、あの子か」

「なんでーって感じだよね」

こういう声には、ものすごく敏感。

他のことを考えていても、ちゃんと耳が拾ってしまうから。

……そうだよ。

私なんて、誰が見たって怜央くんにふさわしい女の子じゃないんだ。

浮かれて、舞い上がって。

自分のことしか見えていなかった。

怜央くんと付き合えて幸せだったのは私だけで、そのことでどれだけの人が傷つき不幸になっているかなんて知りもせずに。

そしたらもう考えるまでもない。

答えなんて出ているんだ……。


その日の夕方、私は学校の自転車置き場にいた。

怜央くんが部活を終えて、ここに来るのを待つために。

陸上部やバスケ部の生徒はもうちらほら姿を見せ始めているのに、怜央くんはまだやってこない。

早く来て、決意が鈍っちゃうから……。

冷たくなった手に息を吹きかけ、逃げ出したくなるような気持ちを抑えるように、足踏みをした。

やがてやってきた怜央くんは、私の姿を見て目を丸くした。

「びっくりした、こんな時間まで待っててくれてるなんて」

サッカー部の練習が終わったのは、五時四十五分。

もう冬時間なので、公式戦が近くない限り、夏場よりも早い下校が義務づけられている。

それでも十月下旬ともなるとあたりはすでに暗くなっていた。

「うん、話がしたくて」

できるだけ、いつもどおりを装った。

先に見抜かれたら、言いたいことも言えなくなりそうだから。

「やべ、うれしい。あ、でも俺、このあとフットサルだから送っていけねえんだ、ごめん」

笑顔になった直後、申し訳なさそうな顔で両手を合わせる怜央くんは、本当に残念そうな顔をしていて。

そんな彼を見て、決意が鈍りそうになる。

うれしい、なんて、そんなこと言わないで。

これから私は、とっても残酷なことを告げるのに。

「うん、いいの……すぐ、終わるから……」

深呼吸をする。

一気に言え。言うんだ。

「怜央くんごめん、私――」

「待って。……もしかしていい話じゃない？」

雰囲気から、悟られてたのかも。切り出した瞬間遮られてしまった。

……やめて。決意が鈍るから。

もう一度、深呼吸をして一気に言う。

「私、怜央くんとはもう付き合えない。別れたいの」

これが私の出した答えだった。

付き合ってることで嫌がらせをされているなら、別れるのが一番いい。

これしか、ないんだ……。

「えっ……」

掠れた声が闇に落ちる。

なるべく顔を見ないようにして彼の言葉を待った。

伝えたいことは伝えた。できるならもうここから去りたい。

けれど、怜央くんはいきなり私の手を掴んだ。予想外だった。

冷えきった私の手に、怜央くんの手の熱さがジンジン伝わってくる。

その手は、小刻みに震えていた。

「暗くて寒い中こんな冷たい手になるまで待ってて、好きじゃなくなったって言われても説得力なんてないよ」

その手に力が込められる。

怜央くん、やめてよ……。

「どうして急に――」

「急じゃないよ……ずっと思ってたのっ！　もう好きじゃないの。だから別れて！」

闇の中、怜央くんの瞳が光ったように見えた。

そこへ私はたたみかけた。

「あと、学校でももう話しかけてこないで。まわりにまだ付き合ってるって思われたくないから」

ものすごくひどい言葉を言っている自覚はある。

けれど、これくらい言わないと本気が伝わらないと思った。
すると、怜央くんは何も返してこなかった。
手を振り払い、呆然と立ち尽くす彼を置いて、私は歩き出す。
やがて足を速め……絶対に振り向かないと決めて歩き続けた。
彼が追いかけてきませんように——そう願いながら。
家に帰ってから、私は思いっきり泣いた。
悲しくて悔しくて、こんなに泣いたことないってくらい、声が嗄《か》れるほど泣いた。
怜央くんを傷つけてしまった。
けど、傷つけたのはこれが初めてじゃない。
彼はもうたくさんの傷を負ったんだから。
そんな私が受ける罰は。
大好きな人とさよならをすることなんだ……。

絶対に学校でも問い詰められると思っていたのに、驚くことに私のお願いを守っているのか、怜央くんは話しかけてくることはなかった。
明らかに元気のなくなった彼は、授業中居眠りをすることはなくなったけど、代わりにぼうっとしていることが多くなった気がする。

そんな私たちの様子を見て、ふたりは別れたという噂が出回るのは早かった。

すると、魔法が解けたかのように大和くんと凪咲ちゃんの仲は修復され、凪咲ちゃんの話だと、怜央くんがサッカーの試合に出場していたという。

……そんな簡単なことだったんだ。

私さえ怜央くんと別れればすべてが元に戻るんだ。

凪咲ちゃんにも、いつもの笑顔と元気が戻ってきた。

逆に、私と怜央くんのことを心配されたけれど「もう私の気持ちが冷めちゃって」と笑顔で伝え、「凪咲ちゃんだって、この間似たようなこと言ってたじゃん」と彼女の言葉を引き合いに出せば、「そっか……」なんて苦笑いだけを返された。

……苦しい。本当は苦しくてたまらない。

だけど、私はこれを望んでいたんだから。

これで、いいんだ――。

次の土曜日、私のスマホに一件のメッセージが届いた。
[やっぱり納得できない]
それは、怜央くんからだった。
未練もないような怜央くんの素振りに、ああ……本当に私たちは終わったんだと、ようやく自分の中で整理がつきそうなころだっただけに、驚きは大きかった。

[心菜が話しかけないでほしいと言ったから我慢してる。だからメッセージを送るのくらいは許してほしい]

どうして今さら？

画面を食い入るように見つめていると、またすぐに次のメッセージが送られてくる。

[もう一度ちゃんと話をさせてほしい。明日、昼の十二時に心菜の家の最寄り駅で待ってるから]

明日？

その誘いはあまりに急で。

しかも、私の返事を求めるわけでもなく、一方的な文章。

やっとすべてが元どおりになったのに、また私が怜央くんと関わりを持ったら同じことが繰り返されるに決まっている。

いや、次はもっとひどくなるかもしれない。

……ごめんね、怜央くん。行けないよ。

私は返信せずに、スマホの画面をＯＦＦにした。

翌日は、ずっとそわそわして落ちつかなかった。

駅に行くつもりはないけど、気になって仕方ない。

返信していないのに、返事を求めるメッセージが来ないことも気になる要因のひとつだった。

このままの状態で、怜央くんは本当に駅まで来る気なのかな。

私が行かなければ、諦めて帰るよね……。

約束の時間の十二時。私は家のリビングでテレビを見て過ごしていた。

実際は内容なんて全然頭に入ってこなかった。

一緒に見ていたお父さんが、テレビの内容についてあれこれ話を振ってきたけれど、どれもあいまいに返してばかりだった。

リビングの時計を見上げると、それから一時間が経過していた。

相変わらず、スマホにはなんの連絡もない。

……だからこそ余計に気になるんだ。

「心菜、夕飯の買い物行くから一緒に来て」

お母さんにそう誘われたのは、夕方の四時半頃。

「どこに？」

「駅前のスーパーよ」

——ドクンッ。

〝駅前〟

その言葉に反応してしまった。

「あ……ごめん。お母さんひとりで行ってきてよ」

今は避けたい場所。だからそう言って断ったのに。

「だめよ。昨日も今日もずっと家にばかりいたんだから、少し外に出なさい」

なんの用事もなく、土日家でゴロゴロしていた私に呆れていたようで、有無を言わさず、私は外へ連れ出された。

お母さんの運転する車で駅前のスーパーに到着する。

日曜日の駅前は、平日とは人の流れが明らかに違いとてもにぎわっていた。

もう五時だ。約束の時間から五時間もたっているから、もし来ていたとしてももういないはず。

「お母さん。私ちょっと本屋に行きたいから、先に買い物してて！」

車から降りると私はスーパーへは入らず、駅のほうへ向かった。

いないことを確認したかったんだ。

そうしたら、このそわそわした気持ちから解放されると思ったから。

駅と一言で言っても、待ち合わせスポットはいろいろとある。

街灯がともり始めた駅前にはまだたくさんの人がいて、私はキョロキョロと目を走らせる。

いませんように。そう祈りながら。

なのに。こんなに人が大勢いるのに私の目は、すぐにその姿を捉えてしまった。

「……っ」

駅ビルの前で、壁に背をつけて長い足をクロスさせている怜央くんを。

モデルのようなその出で立ちはひときわ目立っていて、道行く人が二度見する様子は、私といるときと一緒。

ウソでしょ。

待ち合わせは昼の十二時で、もう夕方の五時なのに。

どうしているの……。

一歩、また一歩とあとずさりする。

すると、念を送ったわけでもないのに怜央くんがふいにこっちを向いてしまい。

まずいっ。

とっさに私は踵を返し、駆け出した。

——どうか、気づかれていませんように。

「待って！」

けれど、やっぱり怜央くんには見つかってしまい、背後から呼び止める声が聞こえた。

どうしよう。せっかく行かないで頑張ったのに。全部台無しだよ。

必死に走っていると、ちょうど向かう先に横断歩道があって。

ここから早く逃げ出したいあまり、青信号の点滅が終わりかけていることも気にせず、飛び出した。

早く、ここから離れないと。その一心で、私はひたすら前を目指した。

すると、信号の変わり目で右折してきた車が視界に映り。

——えっ……。

その車は勢いよく交差点に入ってきた。

——キィィィィィーーーーーーーッ‼

けたたましく響く車のブレーキ音。

ぶつかるっ……！

「心菜ぁぁーーーーーっ！」

どこからか怜央くんの声が聞こえた直後。

体に衝撃が走り……私はそのまま意識を手放した。

＊＊＊

間違えた道

記憶の糸を途切れさせた私は、立っているのがやっとだった。
膝がガクガクして、壁に手をつく。
呼吸だって、まともにできない。
今、思い出したことは全部事実なの？
私は、怜央くんに別れを告げていたの……？
私は怜央くんから逃げて……それで事故に遭ったの？
そして、怜央くんが亡くなったということは。
……あのあと、私を追いかけてきた彼も事故に巻き込まれたということだ。
なのに、私が軽傷で、怜央くんが命を落としてしまったなんて。
「そんなっ……」
今思い出したのが、すべて一度体験したことなら。
『――待って』
思い出したときに聞こえた怜央くんの声は、このときのものだったんだろう。

「どう……？　思い出した……？」

ゆっくり顔を上げると、目の前には私を見下ろす彼がいた。

彼はすべてを知っている。

知っている上で、私に自力で思い出させたのだ。

「……うん」

私は頷く。

「君をかばって、相馬怜央が死んだことも？」

「……っ」

私が軽傷だったのは、怜央くんが私をかばったから……？

なんで……。

私は怜央くんから逃げたのに。

「ウソだウソだっ……。怜央くんが死んだなんてウソに決まってる！」

そんなことがあっていいわけがない。

私が怜央くんに別れを告げて、そのあとはすべて元どおりになって、怜央くんは今までの生活を取り戻す。

それが、私が願った未来。

あんなに優しくて、誰からも好かれている彼が。

怜央くんが、私をかばって死んだなんて許されるわけない。

どこかでウソだと思いたかった怜央くんの死が途端にリアルになり、私はパニックになった。

「相馬怜央は、自分の身を挺《てい》しても君を守りたかった。それほど、君が好きだったたってことだろ」

彼の言葉が痛いほど胸に突き刺さる。

もう、ウソだなんて言う気力もなかった。

「……れ、おっ……くんっ……」

制服の胸元をぎゅっと握りながら、私は床に崩れ落ちた。

両目からは、大粒の涙がこぼれる。

あとからあとからとめどなく。

「君の選択で、相馬怜央は幸せになった？」

なったよ。

なったって思いたかった。

でもそうじゃなかったって、一番わかっているのはこの私だ。

怜央くんを五時間も駅で待たせた挙句、私は彼から逃げて。

事故の巻き添えにして……死なせてしまったなんて。

「君の選択は、ただのひとりよがりにすぎなかったってことだ」

怜央くんが、本当に死んでしまったなら。

「私が今ここにいるのは……」

「やっとわかった？」

彼の冷たい瞳が、私を射抜く。

私は気づいたんだ。

これは〝怜央くんをを生かすためのやり直し〟なのだ、と。

「じゃあ……私はどうすればいいっ……」

しゃくりあげながら、すがるように彼に問う。

やり直しのこの世界で何をしたら、未来は変えられるの？

「どうしたら……どうしたら怜央くんは死なずにすむのっ……」

どこをどう軌道修正すれば、怜央くんが死なない未来に変わるの。

「君がこの世界で何を間違えたのか、まだわからない？」

険しく厳しい顔を変えない彼。

私が間違えたこと。

ターニングポイントはどこだったんだろう。

思い出したばかりの記憶をもう一度めぐらせる。

私と付き合ったこと？

ううん。怜央くんが、私を本当に好きでいてくれたなら、それは間違っていなかったはず。

じゃあ。

私が、怜央くんに別れを告げたこと？

——ズキンッ。

胸に鈍い痛みが落ちた。

まるでそうだと言っているように。

でも、あのときはああするしかなかった。

他に、方法なんて……。

「別れたことは最善だった？」

彼の瞳が揺れていた。儚《はかな》げに、切なげに。

……やっぱり、そこなんだ。

そもそも、私と怜央くんの別れは、なんの解決にもなっていなかったんだ。

藤谷さんの悪行を知った上で、それをなかったことにしたのは私。

私はただ……逃げていただけなのかもしれない。

藤谷さんが怖くて、向き合うことを恐れて、ただ逃げて。

ひとりで解決した気になって。

結果……怜央くんを殺してしまった。

「……っ……」

漏れる嗚咽が堪えられず、口元に手を当てる。

私は、なんてバカだったんだろう。

「相馬怜央は、本当に君が好きだったんだよ」

学校で話しかけないでという私の言葉を守り貫いてくれた怜央くん。

それでも、やっぱり納得できないと、話し合いを求めて、来ない私を五時間も待ち続けていた怜央くん。

……彼の言っていることに、間違いはない。

付き合ったときに誓ったように、怜央くんは私を大切にしてくれていた。

だとしたら、別れずに藤谷さんの嫌がらせを止める方法を見つけるしかない。

それは……ひとつだけ。

事実を知った私が、藤谷さんに直接向き合うことだ。

きっと、もうすぐ〝あの場面〟がやってくる。

藤谷さんの悪行が暴かれる瞬間が。

私にできるか……不安でいっぱい。

でもやらなきゃいけないんだ。

「今度は……絶対に別れない」

そして自分に言い聞かせるように力強く口にした。

もう一度、怜央くんの笑顔に逢うために。

奮い立たせるように、こぶしを作ってぎゅっと握り、彼をまっすぐ見据えた。

「絶対に相馬怜央を死なせるなよ」

見つめ合う視界の高さは一直線だった。

ここで初めて、彼と私はさほど身長が変わらないことを知った。

「あなたはいったい誰なの？」

この世界の人間？

それとも、未来から来たの……？

彼は口元に柔らかく弧を描いた。

「相馬怜央が戻ったら……そのときに教えてあげるよ」

それは。

彼が私に見せた、初めての笑顔だった。

色をなくした世界

【怜央side】

心菜を知ったのは、大和の彼女の友達だったからだ。

「今日カラオケ行こうぜー」

「よし、それノった！」

一年生の夏休み前。

テストも終わり、浮かれきった俺たちは、サッカー部の仲間と放課後カラオケに行くことにした。今日はちょうど部活も休みだ。

「あー、悪い。俺はパス」

いつもはノリのいい大和が行かないと言い、すぐにみんなその理由がわかる。

「うっわ、彼女かーーーー！」

「リア充うらやましすぎんだよっ！」

部活仲間の大和に最近彼女ができて、みんなからは冷やかしの的だ。

男子の中でもクールビューティーだと噂のあった女子で、入学当初からいろいろなヤツが告白していたらしい。

その子を大和が射止めたことは、友人としてうれしかった。

「まあまあ、見守ってやろうぜ！」

俺は冷やかされてバツの悪そうな大和の肩を抱いた。

そのころ俺には彼女どころか好きな子もおらず。

仲間とサッカーをすることが、毎日楽しくて仕方なかったんだが……。

「大和！」

休み時間にダチ数人で話していると、大和を呼ぶ女子の声が聞こえた。

一緒にいた大和の顔がパッと明るくなる。そこには、彼女の山本が手を振っていた。

見た目チャラい大和だけど、彼女のことは本気らしい。

輪から抜けた大和は、彼女と楽しそうに話し始める。

そのそばで、少し距離を置きながらそんなふたりを微笑ましく眺めている女子に目が行った。

――ドクンッ。

今日も、ふいに胸が高鳴った。

……心菜だ。

彼女のことは、大和が山本と付き合い出して知るようになった。

よっぽど仲がいいのか、いつも一緒にいるからだ。

クールビューティーといわれる山本とは、一見正反対に見える心菜。

見た目がかわいいのはもちろんだが、それで気になりだしたわけじゃない。

今まで何度となく女子からコクられてきたが、顔がかわいいという理由で付き合ったことはないし。

心菜は、醸し出す雰囲気や仕草が、俺の胸のど真ん中に刺さって仕方ないんだ。

そんなある日。

廊下の向こうから、大量のノートを手に歩いてくる心菜を見つけて、ドキドキした。

意識しないようにすればするほど、緊張で体が固くなる。

何か話しかける？　そもそも向こうからしたら俺は認識されてるのか？

知っているのは俺だけで、向こうは俺のこと知らなかったらカッコ悪いしな。

ああでもない、こうでもないと頭の中でいろいろ並べて、だんだん心菜が近づいてきたとき。

「わあっ……！」

目の前で声を上げた彼女の手から、ノートがバラバラと落ちていく。

あっ……！

とっさに駆け出したのはもう無意識。

そして、床に落ちたノートを一緒に拾い集めていた。

「ありがとうございますっ」

これが心菜との初めての会話だったな。

ノートをばらまくなんて恥ずかしいからか、心菜の顔は真っ赤だった。

「女の子にこんな量を持たせるなんてひどいよな」

「あっ、今日は、もうひとりの係の子がお休みなんで……」

「教室まで持ってくんでしょ？　俺が持ってくよ」

「ええっ、いいですいいですっ！　大丈夫です！」

必死に断るその顔もかわいい……なんて。

「いーって。女の子にこんな重い物持たせちゃダメでしょ」

カッコつけすぎか？

いや、ここでカッコつけなきゃどこでカッコつけんだよ！

頑張りどころだろ！

なんて自分に突っ込みを入れながら、無理やりノートをすべて抱え、心菜と教室まで向かう。

「あのっ、すみません……」

俺の横で、ずっと申し訳なさそうにしている心菜。

むしろ、俺はラッキーなんだけどな。

それにしても、やっぱり俺は認識してもらってないんだと少しへこむけど。

「ありがとうございました」

最後ににっこり笑って向けられたその笑顔に……完璧に落ちた。

蕾《つぼみ》だった想いが、完全に開花してしまった。

……誰かを想って眠れないなんて経験、初めてだった。

大和と山本が廊下で話す機会は度々訪れ、もっと心菜と近づきたい俺は、今日こそは話しかけてみようと意気込む。

なんの話を振る？　今日は天気がいいね……って、じじいかっつうの！

どうしようか悩んでいるうちに、

「心菜ー」

別の女子が彼女を呼び、俺の入る隙間はなくなる。

はぁ……だっせえな……。

これじゃあ、いつまでたっても俺は友達の彼氏の友達のままだ。

いや、俺の存在なんて目に入ってないかも!?

ちくしょー。

なんとかして接近してやる。

そんな決意を固めたころ、思いもよらない絶好のチャンスが訪れた。

二年の始業式、寝坊した俺がチャリを飛ばしているところに、心菜とぶつかりそうになったんだ。

下心がなかったと言えばウソになるが、彼女を保健室まで連れていって手当てするという、願ってもないハプニングだった。

そして同じクラスで、仲よくなって……。

告白して、付き合うことができて。

夢みたいだった。

毎日、幸せだった。

だから、急に別れようと言われて混乱した。

俺、心菜に嫌われるようなことしたか？

思い当たることもなく、心菜もそんな素振り見せていなかったのに。

ちゃんとわかるように理由を言ってくれなきゃ、納得なんてできねぇよ。

咲いた花は枯れ、俺の世界は色をなくした。

もう一度、君と

思い出した日々をもう一度繰り返すのは、とても不思議な感覚だった。

もちろん、話すことは一字一句同じではないだろうけど、ほぼ、私が一度体験したのと同じ流れになっていた。

自分は本当に違う世界から来たことを再認識させられ、このあと起こることも間違いないんだと改めて突きつけられる日々は、とても苦しくつらかった。

怜央くんの未来、苦労を強いられている原因を知っているだけに、彼と過ごす時間は本当に胸が苦しかった。


私は今日、一年生のフロアに来ていた。

サッカー部のマネージャーだという〝カンナ〟を探るために。

ここの世界ではまだ知る前だけど、今の私は知っているんだから黙っていられない。

やり直しの日々を、ただ同じように過ごしているわけにはいかない。

私は、ひとつひとつを解決していかなきゃいけないんだ。

過去を変えるために……。

「カンナ〜！」

声のしたほうに意識を向ける。

「なにー？　私、今忙しいんだけどー」

友人の呼びかけに答えたのは小柄な女の子。

この子が……カンナ。

凪咲ちゃんを苦しめている張本人……。

手のひらをグッと握りしめる。

藤谷さんに指示されたとしても、誰かを陥れるようなことをして、平和に過ごしているなんて許せないっ……。

どちらかといえば、人のあとにくっついていくタイプの私が、こんな行動を起こすなんて自分でもびっくりだけど。

怜央くんの未来を変えるためなら、なんでもできる気がして。

少しでも証拠を掴む会話を入手できないか、私はしばらく彼女の周辺を探っていた。

それと同時に、私はあの日から、ずっと朝早く登校していた。

私に対する手紙の嫌がらせをしている人物を特定するために。

放っておけば、いつかはなくなること。
過去の世界では、怜央くんと別れたあと嫌がらせもなくなっていた。
でも、それじゃダメなんだ。
ちゃんと向き合わないと。
それも、過去を変えるひとつだと思うから……。
まだ早い時間。部活の生徒が時折出入りしているくらいで、一般の生徒はいない。
きっと、集団で面白半分でやっているんだと思う。
毎日されているわけじゃなく、ここ三日は見張っていても空振りだった。
どのタイミングで入れてるんだろう。
そう思いながらしばらく見張っていると、なんとなく違和感を覚えた。
ひとりの生徒が何度も現れては消え……を繰り返していることに気づいたんだ。
髪を二つに結んだ、眼鏡をかけた女の子。
まさか、あの子が……？　見た目、すごく真面目そうな女の子。
すると。
誰もいなくなったそのとき。
「ウソッ……」
私の下駄箱を開け、何かを投げ入れるのが見えた。

瞬間、私は飛び出して走り、下駄箱を開ける。

中に入っていたのは、いつもと同じ脅迫めいた言葉が書かれた紙だった。

朝は何も入っていないのを確認して、ずっと見ていたわけだから、さっきの子が入れたのは間違いない。

どこに行ったんだろう。

まだそんなに登校している人はいないから、探せるかもしれない。

そう思い階段を駆け上がると、

「っ……」

同じように駆け下りてきた子とぶつかりそうになってしまった。

「ごめんなさいっ」

「いえっ、私のほうこそ……」

相手に先に謝られ、私も走っていたんだから悪かったと慌てて顔を上げると。

「……っ」

その子は、まさに探している人物だった。

彼女も私を見て、目を丸くしていた。でも次の瞬間、横をすり抜けるようにダダダッと階段を駆け下りていく。

「待って！」

私も彼女のあとを追って、階段を下りていく。

すると、

「キャッ……！」

彼女が階段を踏み外してしまい。

「あっ……！」

落ちるっ……。

それはとっさの出来事だった。

バランスを崩した彼女が不安定に両手を広げたところを、私は後ろからグイッと引き上げたのだ。

「……っ！」

そして、並んだところで、彼女の体を支える。

「よかった……」

間に合った。

手を掴まなかったら、彼女はそのまま下に転げ落ちていたはず。結構な高さから。

彼女は顔を真っ赤にして、うつむいていた。

……きっと、自分のしたことが私にバレたってわかったんだ。

「あの……私、さっき見ちゃったの」

ピクッ。彼女の肩が小さく上がる。

上履きのラインで、同じ二年生だとわかった。

「これ……入れたの……あなたでしょ？」

握りしめたそれを見せれば、彼女はワッと泣き出した。

「うっ……ううっ……ごめんなさいっ……」

「どうして……こんなことしたの？」

しゃくり上げながら、彼女は話す。

「私……相馬くんのことがずっと好きで……その……」

……やっぱり……そうなんだ。

その顔は真っ赤で、彼への想いがしっかり伝わってきた。

「あなたが……うらやましくて……それで……」

言ったきり、涙が溢れてその先は言葉にならなくなってしまう。

静かな朝の階段に、彼女のすすり泣く声だけが響く。

「だからって……こんなことしていいわけじゃないと思う」

私は心を鬼にして言った。

彼女の気持ちはわからなくもないけど、やっぱりこのやり方は間違ってる。

彼女はうんうん、と頷く。

「私は……すごく悲しかったし、つらかった」

受けた側の気持ちはちゃんと伝えないと。

「ごめんなさい……もう二度とこんなことしませんっ」

その口調からは、ちゃんと反省の色がうかがえて、私もそれ以上は咎《とが》める必要はないと思った。

「約束してね……？」

「ほんとにごめんなさいっ」

彼女はそう言い、もう一度深く頭を下げると、そのまま階段を下りていった。

「はあっ……」

私は一気に脱力し、その場にしゃがみ込んだ。

心臓はバクバクしているし、足は震えてる。

……本当は、怖くてたまらなかった。

誰かにこんなふうに意見するのなんて初めてで。

でもひとつひとつ、怜央くんに関するマイナスな出来事の過去を変えることで、未来が変わると思ったら、絶対にやり遂げないといけないことだったんだ。

「あれー？　心菜？」

そのとき、背後から凪咲ちゃんの声が聞こえてきた。

「あっ……」

「何してんの？　こんなとこで」

ちょうど登校してきた凪咲ちゃんは、私を見て目を丸くする。

「そ、そのっ……」

「お腹でも痛いの？」

「ううん、大丈夫！」

私は飛び上がるように立って、ニコッと笑った。

「いやいや、こんなとこでうずくまって大丈夫じゃないでしょ！」

「ほんとに大丈夫なんだって。凪咲ちゃんの顔見たら大丈夫になった」

ウソじゃなくて。

凪咲ちゃんの顔を見たら、急に安心して元気が出てきたんだ。

「何それー」

そして、笑う彼女の腕に自分の腕を絡ませて階段を上った。

……今度は、大和くんの潔白も証明するからね。

そう思いながら、私は凪咲ちゃんを掴む腕に、ぎゅっと力を込めた。


同じ日の放課後。

私はサッカー部の部室前にいた。

部員たちはすでにグラウンドへ出ているみたいだけど、マネージャーが残って中の掃除をしていた。

私は、カンナ……樋口《ひぐち》カンナさんの様子をうかがっていた。

今は全部で三人のマネージャーさんがいるけど、できればひとりになったときに話したい。彼女にとっても、他の人の前でそんな話をされたくないだろうし。

ここ数日。

彼女について少し調べていると、アイドルグループが大好きということはわかった。

会話に耳を澄ませれば、アイドルの話が聞こえ、カバンにはアイドルの缶バッジがつけられていたりと、相当入れ込んでいるみたい。

サインをちらつかされて、悪事に加担してしまったというのは、あながちウソではなさそう。

そんな中、「先輩が、今度サインもらってくれるんだ〜」なんて自慢げに話している場面もあり、あのトイレでの話をほぼ決定づけた。

「カンナー、じゃあ先に行ってるよー」

「はーい」

そのとき、ちょうど他のふたりが先に外へ出て、樋口さんがひとりになった。

……今がチャンス？

心拍数が上がるけど……今朝の出来事を勇気に、私はサッカー部の部室に足を踏み入れた。

「誰……？」

私に気づいた樋口さんは、怪訝そうに問いかけてくる。

「樋口さん……だよね？　少し話があって」

私が先輩ということがわかったのか、

「はい」

と頷く彼女。

「サッカー部の、久留生くんのことなんだけど」

そう切り出すと、サッと顔色を変えた。

やましい気持ちがあるのは見え見えで、不自然に備品を触り落ちつかない様子。

「久留生先輩がどうかしましたー？」

それでも、返す口調はあくまでも強気で。

「っ、久留生くんと樋口さんの……その、写真の件なんだけど」

少し、声が震えてしまった。

今朝の手紙の女の子とは違い、開き直ったその態度に圧倒されそうになる。

「あー。もしかして、先輩って久留生先輩の彼女の友達ですか……？　あっ、相馬先輩の……なるほどー」

　何をどこまで知っているかわからないけど、まったく自分のやったことに反省の色が見えなくて、眉をしかめる。

「あの、樋口さんは久留生くんを好きだとか、本当はそういう関係ってわけじゃないんだよね？　誤解でしょ？」

「ふふふ、どうでしょう」

「っ、ふざけてないで。真面目に話してるんだから」

　イライラしてくる。

　こんな子に陥れられた凪咲ちゃんが可哀そうすぎる。

「私は、言われたことをやっただけなんで。誰がどう思うとか、関係ないですよ」

　関係ない？

　何それ。

　全身の血が沸き立つようだった。

　凪咲ちゃんが問い詰めたとき、泣き出したっていうけど、どこまでしたたかな子なんだろう。

　もう、我慢できなかった。

「ふざけないでっ！」

自分でもびっくりするような大声が出た。

彼女の肩もビクッと上がった。

私がこんな声を出すとは思わなかったんだろう。

「な、なんですか……？」

「あなたのせいで、悲しくてつらい想いをしている人がいるの。何も思わないの？

自分さえよければそれでいいの？」

「……」

「あなたみたいな人にはめられたなんて……凪咲ちゃんが可哀そうっ……」

「……」

「あなたも誰かを好きになれば、きっとわかるはずなのに……」

私が泣きそうになってしまった。

話せばどうにかなる……なんて思った私がバカだった。

この子は何も罪の意識を感じてない。

自分さえよければいい……そんな人間なんだ。

凪咲ちゃんのために、力になりたいと思ったのに……ごめん……凪咲ちゃん。

私にはできないみたいだよ……。

しばらく沈黙が続いて、これ以上言っても無理かなと思ったとき。

「……すみません」

ポツリ。

そんな声が聞こえた。

「え……」

謝る気配すらなかったから、驚いた。

見ると彼女は目を伏せて、顔を赤くしていた。

「私、好きなアイドルがいて……」

そして、ぽつぽつと話し出す。

「本当に、自分のことよりも大事なくらいその人のことが好きで、その人のサインをもらえる代わりに、言われたことを実行したんです……でも……ほんとは悪いことしたなって……心のどこかでは苦しかったんです……。でも何を言われても、ネタばらしするなって言われて……もう引き下がれなくて」

それは、おそらく藤谷さんのことだろう。

「久留生先輩の彼女に言われるのはわかるけど、まさかその友達にまで言われるなんて思いませんでした……。久留生先輩の彼女にはなんの恨みもないし、こんなに一生懸命になってくれる友達までいて……なんか……私、すごい悪人ですよね……」

「樋口さん……」

反省の弁は、ウソには聞こえなかった。

「こんなんじゃ、アオイくんにも嫌われちゃうかな……」

アオイくんというのは、目線の先の缶バッチの彼なんだろう。

そこには、彼女の恋心が感じ取れた。

「本当にそう思ってるなら、久留生くんと彼女に、ちゃんと話して謝ってくれる？」

「……はい」

そう言った彼女の言葉は本当で、その日のうちに大和くんにすべてを話して、翌日には凪咲ちゃんにもきちんと謝ってくれた。

誤解なのがわかれば、もともと相思相愛だったふたりだけに、すぐに元のサヤに収まった。

以前のように、誰が見てもお似合いでうらやましいカップルに。

よかった。

これでまたひとつ過去を変えることができた。

でも、やらなきゃいけないことはまだ残っているんだ……。

繰り返さないために

そして、その日がやってきた。

前回と、大きく運命を変えなければいけない日が——。

あのときと同じように、休み時間にトイレに行った私。

このあと私はトイレで、藤谷さんの話を聞くことになるんだ。

少し体をこわばらせながら、藤谷さんとすみれちゃんがトイレに入ってくるのを待った。

手のひらは汗でびっしょりだ。

そのときだった。

「あ～もう！　ほんっとしぶといなあ！」

声を荒げながら、藤谷さんがトイレへ入ってきた。

……来た。

彼女は、そのあともあのときと同じように話し続け。

私もあのときと同じように、はらわたが煮えくり返りそうな思いで、藤谷さんの話を聞いていた。

でも少し違うのは、樋口さんが凪咲ちゃんたちに謝って状況が変わったから。

「ったく、あの子なら大丈夫だと思ったのに全部バラして裏切るし。もうサインなんて絶対にもらってあげないんだから」

自分が操った樋口さんのことまで悪く言い、そのことについては胸が痛んだ。

「大人しそうな顔してあざといし。私、宮内心菜みたいな子、大っ嫌いなの。怜央くんも山本さんも、宮内心菜と関わってることが罪」

これは何度聞いても胸が痛む内容だ。

今だ。行け。行くんだ。

――バンッ！

自分を奮い立たせたあと、私はカギを開けて、勢いよく扉を開いた。

「藤谷さんっ！」

負けないように、声を張り上げて彼女の目をじっと見つめる。

「……っ⁉」

まさか私が個室にいるとは夢にも思っていなかったのか、藤谷さんは数秒固まっていた。

しかしすぐに表情を緩め、口元には笑みさえ浮かべた。

「な〜んだ。そこに居たんだ」

そのセリフには、「じゃあ聞いてたよね?」という続きが表情から読み取れた。

だから私は言う。

「全部、聞かせてもらったから」

声は震えてしまったけれど。

怜央くんが死ぬことに比べたら全然怖くない。

その気持ちひとつで、私は藤谷さんと対峙する。

「藤谷さん、自分のしてることわかってるの？　そんな汚い手を使って人を貶《おとし》めるなんて卑怯《ひきょう》だよ！　ひどすぎる！」

「はぁ～？　ひどいのはどっち？　すみれの気持ち知って、好きじゃない素振り見せときながらすみれ裏切ってんだもん」

「はっきり言わなかったことは謝る。でもっ……それで、私じゃなくて怜央くんや凪咲ちゃんを傷つけていい理由にはならないよ！」

「だったら別れればいいじゃん」

フンッと鼻で笑う藤谷さんには、何を言っても私の想いが届く気配がない。

「別れたら、元どおりにしてあげる」

彼女の言うことはウソではないと思う。

一度目、実際別れて元どおりになったんだから。

でも私だって負けない。

「私は、怜央くんと別れるつもりないから」

毅然《きぜん》として言うと、藤谷さんの目の色が少しだけ変化した。

あっさり別れると言うとでも思っていたのかな。

「へ～、じゃあ、いつまでたっても怜央くんはレギュラー落ちだね～」

「ふざけないでよ！」

私たちが言い合うその横で、すみれちゃんはおろおろしていた。

そのとき、頭上でチャイムが鳴ってしまい。

「あ、チャイム鳴ったし」

「待ってよ！」

ラッキーとばかりにここを出ていこうとする藤谷さんを引き留める。

話はまだ終わってないんだから。

「うるさいなーもう。ほら、すみれも行くよ」

けれど私の制止を無視して、藤谷さんはトイレを出ていってしまった。

でも、これで終わらない。

終わりになんてしないんだから。

——放課後。

再び私は藤谷さんを捕まえた。

さっきとは違い、下校する生徒で溢れかえる昇降口。

帰る寸前だったところを、なんとか引き留めたのだ。

「……ったく、なんなのよ」

さすがに彼女も人の目は気にするようで、みずから人気の少ない廊下に足を進める。

腕を組み、斜に構えて私を睨みつける姿は、そうすることで圧をかけているようにも思えた。

「お願いだから、全部正直に話して怜央くんに謝って。そして、凪咲ちゃんにも」

「は？　するわけないじゃん、そんなこと」

あくまでも藤谷さんは強気だった。

悪事がバレているのに、この開き直り方には正直頭が痛い。

「ねえ……どうしてそこまでするの？　私が憎いなら、私を苦しめたらいいでしょ。

どうして怜央くんたちを苦しめるの」

「てか、もう十分苦しんでるでしょ？」

「え？」

「自分がやられるより、大切な人が苦しんだほうがつらいでしょ？　私もそうなの。

大切な友達が傷つけられて、許せないから」

「……」

返す言葉がなくなってしまった。

どうしたらいいの？

やっぱり私には、藤谷さんを説得するなんて無理なのかな。

「すみれだって、怒ってんだよ。ねえ？」

「……えっ……あ……」

すみれちゃんは、突然振られて困ったような声を出す。

どうしていいのかわからないような声で。

「……お願いします。もう、こんなことやめて……」

言い合いをしても意味がない。

あきらめて下手《したて》に出た。

私はひたすらお願いするしかないんだ。

「いい気味。そうやってずっと頭を下げてれば～」

「……お願いしますっ」

「ふふっ、結局は怜央くんがすみれを振った罰だよ。いっそのこと、このままサッカー部にもいられなくなっちゃえばいいのに。あ、そうだ、大和くんにも同じことしちゃ――」

「もうやめて……っ‼」

それはすみれちゃんの声だった。

下校のピークを過ぎ、人気のない廊下にそれは強く響き渡った。

「真帆っ……お願いっ……もうやめてっ……」

「……すみれ……？」

ハッとしたように目を見開いたのは、藤谷さんだけじゃない。

私も同じ。

まさか、すみれちゃんが藤谷さんを止めるとは思わなかったから。

「もう……いいの……。私からもお願い……。これ以上、怜央くんを苦しめるようなことはしないで……」

すみれちゃん……？

その目からはボロボロ涙がこぼれていた。

「怜央くんが私を選ばなかったのは、私にそれだけの魅力がなかったってことだよ……っ」

肩を上下させながら藤谷さんに向かうすみれちゃんには、相当な覚悟が見えた。

「真帆だってそれはわかってるでしょ？　人の気持ちなんて、操作できないことくらい。悪いのは、怜央くんでも心菜ちゃんでもないの」

「でも、私はすみれのために」

「それが重いって言ってるの……っ！」

「……すみれ……」

いつの間にかふたりの修羅場になってしまい、私は口を挟めずその様子を見守った。

ピリピリと張り詰めた空気が漂う。

そんなすみれちゃんを見つめていた藤谷さんは、

「……勝手にしなさいよっ……」

強く言い放つと、身をひるがえして昇降口のほうへ行ってしまった。

バンッ！　と激しく靴を玄関に下ろす音が聞こえた。

続けてわざとらしく立てた大きな足音……それはやがて聞こえなくなった。

ふたり残された少し薄暗い廊下の隅。

「……心菜ちゃん、本当にごめんなさい……」

涙を流したまま、すみれちゃんが私に頭を下げてきた。

すみれちゃんは、本当は苦しかったんだ。

「……ううん……謝らないで」

すみれちゃんは悪くない。

むしろ、私はすみれちゃんに助けられてしまった。

「真帆がしてるのは、悪いことだってわかってたけど、私のためにって言われたら、何も言えなくて……」

うつむく顔。

その白い肌には何本もの涙のあと。

「真帆と私の友情は、ちょっと特別っていうか……真帆は、私のためならなんでもしなきゃって思っているみたいで……」

すみれちゃんは、藤谷さんと仲よくなったきっかけを話してくれた。

藤谷さんのお父さんはテレビ局に勤めていて、小学生時代から芸能人やスポーツ選手に会っただの、サインをもらっただの、いつも学校で自慢していたらしい。

最初は興味を持っていたクラスメイトたちも、やがてその自慢ともいえる話に飽き飽きしていた。

ことあるごとに、自分の言うこと聞かなかったらサインをもらってきてあげない、などの女王様ぶりに、いつしか総スカンを食らってしまい。

藤谷さんのまわりには、誰ひとり寄りつかなくなり、ひとりぼっちになった彼女に声をかけたのがすみれちゃんだった。

もともとすみれちゃんは大人しく友達も少なく、そんな彼女が見ていられなかったんだとか。

それ以降ふたりは親友となり、藤谷さんは、必要以上にすみれちゃんを守ってくれるようになったという。

「私のためだと思ったら、いつも何も言えなくて……私も……たったひとりの友達を失いたくなかったから」

「すみれちゃん……」

「ごめんなさい、私、弱くて……」

ボロボロと涙を流し続けるすみれちゃんの肩にそっと手を置く。

「弱くなんてないよ。ちゃんと言ってくれたもん」

悪いこととはいえ、自分のために身を張ってくれている親友に苦言を呈すのは、すみれちゃんだってつらかったよね。

「真帆……このあとどうするんだろう」

「……うん。でも、きっと大丈夫だと思う」

「ほんとに？」

「だって、藤谷さんはすみれちゃんのことが大好きだから」

大好きな親友にああ言われてしまったら、藤谷さんだって考え直すに決まってる。

そんな確信が心のどこかにあった。

——その思いは、通じ。

藤谷さんが、自分のしたことを正直に打ち明けてくれたのだ。

しかも、藤谷さんはお兄さんに叱られ、お兄さんが怜央くんに頭を下げる事態となったらしい。

大和くんと凪咲ちゃんにも頭を下げ、大和くんに怒られた藤谷さんは、見ているこっちの胸が痛くなってしまうほど、しおれていた。

一方、すみれちゃんと藤谷さん。

ふたりの友情がどうなってしまうか心配もした。

最初は少しぎこちないように感じたけれど、すみれちゃんがいつものように藤谷さんに笑顔で話しかけている様子に、藤谷さんも安心しているようだった。

藤谷さんも、不器用な人間なのかもしれない。

やり方は強引だけど、友達を思う気持ちは私と変わらないんだ。

これでもう、私と怜央くんが別れるという過去は変わった。

だから、もう大丈夫だよね……？

私が事故に遭うことも、怜央くんが死ぬこともない未来がくるよね……？


「こーこなっ」

「ひゃあっ」

そんなことを考えていると、背後から両肩に手を乗せられ変な声を出してしまった。

あ〜も〜、ビックリした。

「だからその反応、いちいちかわいいな」

満面の笑顔の怜央くんに、頭をクシャクシャと撫でられる。

――ドクンッ。

かわいい、なんて単語を投下され、私は全身にボッと火がついたように熱くなった。

「今度さ、去年の選手権の代表校と試合できることになったんだ。しかも俺、スタメン出場が決まったんだ！」

その熱が冷めきらない中、朗報が告げられた。

「わあ、すごい！」

「遠征だし、さすがに見に来てとは言えないけど頑張ってくるわ」

試合に戻れるようになって、怜央くんはすごく活き活きしている。

張りきりすぎて、こっちが心配になっちゃうくらい。

「うん、頑張ってね！　ちなみに、それっていつなの？」

私もウキウキしながら訊ねる。

「今度の日曜だよ」

「えっ……」

一瞬、顔が固まってしまった。

……日曜。

それは、前回、私が事故に遭って怜央くんが……。

「どうかした？」

「な、なんでもないよっ」

でも県外で試合ということは、怜央くんが駅に来ることもないよね。

確実に未来は変わったんだ——。


そして日曜日がやってきた。

やり直しは今日まで。

明日以降は、きっと変わった未来の中で私は過ごすことになる。

明日の朝目覚めたら、私は病院にはいないはず。

怜央くんとふたりで、新たな未来を創《つく》っていくんだ……。

夕方五時になろうとしていたとき、突然スマホが着信を知らせた。

誰だろう。

手に取って、表示された名前に胸がドクンッと変な音を立てた。

「……怜央くん？」

今日は遠征しているはず。こんな時間にどうしたんだろう。

「もしもし怜央くんっ⁉」

《あ、心菜？》

何かあったのかと緊張しながら応答した向こうの声は、意外にも明るく弾んでいて安心する。

まわりは少し騒がしい。

まだ家についていないのかな？ 遠征帰りのバスの中？

《今日の試合、俺決勝点挙げたんだよ。代表校相手に金星ってすげえだろ！》

「わぁすごい！ おめでとう！」

《もうみんなお祭り騒ぎで大変だったわ》

「わぁ～見に行きたかったな～」

その姿を想像するだけでも笑顔になれた。

カッコよかっただろうな、怜央くん。

《でさ、急に心菜に会いたくなっちゃって》

「……え」

《じつは今、心菜んちの最寄り駅まで来てんだ》

「……っ‼」

息をのんだ。

怜央くんが、駅まで来てる……？

えっ……どうしよう。

まさか、こんなことになるとは思わず、どうしたらいいのかわからない。

未来は変わったんじゃないの？

なのに、どうして怜央くんが駅に来てるの？

このまま、前と同じになるなんてないよね？

「怜央くんっ、お願いだから、そこ、動かないで！」

パニックになり、私はとっさにそう言っていた。

《え？　どういうこと？》

「私今からそこに行くから、動かないで待ってて！」

とにかく怜央くんをそこから動かしたらダメな気がして。

私が向かい、絶対に事故に遭わないようにするしかない。そう思ったんだ。

電話を切り、駅まで自転車を飛ばした。

すると、あのときと同じ場所に怜央くんはいた。

「怜央くんっ……！」

息が切れる。

「早っ！　そんなに急がなくてもよかったのに」

怜央くんは、そんな私を笑顔で出迎えてくれた。

「ううんっ……だって……せっかく怜央くんが来てくれたっていうから」

「やべえ、うれしいんだけど」

そんな言葉にきゅんとしている暇もなく、私は目線の先を指さした。

「カフェにでも入ろうよ」

あそこなら、信号を渡らなくてもいい。

少しでも、危険は回避したいから。

「えっ？　ああ、いいよ」

怜央くんの腕に触れながら、歩き出す。

よく考えれば、自分から触れるなんて積極的すぎるけど、今はそんな下心は皆無で、この場から怜央くんを遠ざけたい一心だった。

けれど、怜央くんはそう捉えなかったのか、そんな私の手を取り優しく握ってきた。

うれしいとか恥ずかしいとか、そんな気持ちになる余裕もなく、ただひたすら無事にカフェに入ることだけを考えていた。

そのときだった。

「あーーー！」

女の子の叫び声が聞こえたのは。

その声に引き寄せられるように振り返れば、小さな女の子が手に持っていたものなのか、赤い風船がゆらゆらと飛んでいくのが見えた。

「うわーーん」

女の子は地べたにしゃがみ泣き出してしまう。

その横で、諦めようねとでも言っているのか母親がその子をなだめていた。

ああ……かわいそうに。

私もあんな経験あったっけ、なんて見ていると。

次の瞬間、右手の温もりが消えた。

――え。

「ちょっと待ってて」

つながれた手は離れていて、怜央くんはひとりどこかへ走っていく。

――ドクンッ……。

怜央くんは、明らかに風船を追っていた。

……嫌な予感がした。

「怜央くんっ‼」

ダメ、行っちゃダメだよ！

風船は、通りすぎる車の風にあおられながら、上昇と下降を繰り返していた。

「怜央くん怜央くんっ‼」

私は叫びながらそのあとを追いかけていく。

ダメ、絶対にダメ‼

視界には、点滅する青信号が入った。

理由は違っても、状況は一度目と一緒。

焦る私は叫ぶ。

「怜央くん止まって‼」

そんな声は雑踏でかき消されてしまい、怜央くんはどんどん進んでいく。

伸ばした手の先に紐が触れるも、それをすり抜け、風船は〝あの〟横断歩道を進むように運ばれていった。

もちろん、そのあとを怜央くんも追う。

走りながら背筋が凍る想いだった。

お願い！

それ以上、追いかけないで！

そのとき、右折の車が猛スピードで交差点に入ってくるのが見えた。

あっ……!!

やっぱり未来なんて変えられなかったの……?

何をどうしても、歴史は繰り返されるの……?

でもまだ終わってない。

絶対に怜央くんを死なせちゃいけない。

私はその一心で横断歩道へ飛び出し。

――キィィィィィーーーーーーッ!!

耳をつんざくようなブレーキ音の中。

私は一度目と同じように意識を手放した……。

未来は自分の手で

うっすら開けた瞳に、光が差し込んだ。

「――ん……」

体がものすごくだるい。

たくさん汗をかいていたようで、シャツが濡れて体が冷たい。

完全に目が開ききると、白い天井が目に飛び込み、視線をずらせば自分の腕と足に巻かれた包帯が目に入った。

……ここは病院？

私は〝現在〟に帰ってきた。

つまり今日は……私がやり直しの世界へ行った日と同じなのかもしれない。

けれど、また同じところに戻ってきてしまったということは。

「……っ」

未来は変えられなかったの？

やっぱり私は事故に遭って、そして、そして、怜央くんは……。

「うっ……」

……そうなんだ。

シーツを掴んだまま、唇を噛みしめる。

けれど、すぐに緩んでしまう口からは声が漏れた。

「……っ……お……くんっ……れ、おくんっ……」

大好きな怜央くんの名前が。

未来が変わったと信じてこの世界に帰ってきたかったのに。

怜央くんが亡くなる未来を変えようと頑張ったつもりだったのに……。

やっぱり、変えられなかったの……？

「怜央くんっ……怜央くん、怜央くん……！」

愛しい人の名前を何度も何度も呼んだ。

「心菜！」

肩をポン、と叩かれ、ハッとする。

涙で滲んだ視界に映ったのは、凪咲ちゃん。

……ああ、凪咲ちゃん。

お見舞いに来てくれていたんだ。

「心菜、気づいたの？」

その声は震えていた。

隣には、同じように神妙な顔つきの大和くんも。

「えっ……」

「心菜は事故に遭って、お医者さんがびっくりするくらい外傷は少なかったのに、ずっと眠ったままだったの……」

え……そうなの……？

眠ったまま……それは前回と違うけど。

過去を変えて、戻ってきたのに。

事故に遭ったのは変わらなかったし、怜央くんは……死んでしまったんだ……。

「会いたいよぉっ……」

両手で顔を覆い、怜央くんの名前を何度も呼ぶ。

「怜央くんっ……怜央くんっ……」

なのに。もう会えない。

「うっ……うっ……」

「心菜……よかった」

私を体ごと包んでくれる凪咲ちゃん。

ちっともよくないよ。

「怜央くん……なんでっ……」

「心菜、大丈夫だよ」

「どうしてっ……会いたいよおおお」

泣きじゃくる私に、凪咲ちゃんは優しく背中をさすりながら言う。

「すぐに会えるから。心菜が会いたくてたまらない怜央くんに」

……ウソだ。

まだ完全に治らない私に気を使ってそんなふうに言ってるんでしょ。

みんなで、私をだましているんでしょ。

私の経過を見て、退院したら……お墓の前に連れていくつもりなんでしょ……？

「ダメだよ……そんなのじゃ……私はっ……怜央くんに会いたいのっ……」

わがままを言っているのはわかってる。

無理なのもわかってる。

でも、でも……。

「心菜どうしたの？　落ちついて——」

「ウソつかないでいいよ。怜央くんは……怜央くんは……」

そのとき、病室のドアが開いた。

「参った。売店混んでてさ」

そう言いながら入ってきたのは、背の高い男の子。

ドクンッ——と胸が大きく音を立てた。

その声、その瞳は。

「怜央、くん……？」

私が呼びかけると、彼は持っていた売店の袋をどさっと床に落とした。

「心菜……？」

私をまっすぐに見つめる瞳。

驚きで思いきり見開かれたその瞳。

間違いなく怜央くんだ。

「気づいたのかっ……！」

瞬間、怜央くんが私に向かって走ってきて。

両手を広げて私をぎゅっと抱きしめた。

きつく、きつく。

「怜央くんっ……ほんとにここにいるの？」

本物？　幽霊じゃないの？

目の前に怜央くんがいることが信じられなくて、確かめるように、その頬に両手で触れた。

「いるよ。俺はいつだって心菜のそばにいるよ」

怜央くんの瞳から溢れ出る涙。

「……っ……怜央くんは……ケガ、してないの……？」

私は軽症でも包帯を巻かれているけど、怜央くんは包帯ひとつ巻いてない。

一度目は、亡くなるほどだったのに。

その事故だって、私には二つの記憶があるけど、怜央くんは風船を追いかけていったほうの記憶しかないんだよね？

自分でも、いまだによく整理ができてない。

「俺をかばって車にひかれるなんて……っ……俺、もうどうしたらいいかっ……」

続きは言葉になっていなかった。

目を真っ赤にしながら歯を食いしばっている。

あのとき……私は怜央くんをかばってひかれたの？

ということは、今回の怜央くんはほとんど傷を負わなかったの……？

だんだんと状況が飲み込めてきた。

ああ……。

未来は変わったんだ。

未来を……変えることができたんだ。

「怜央くんっ！」

私はもう一度、その体を強く抱きしめた。

「ありがとう心菜、目を覚ましてくれて……」

「怜央くん……」

懐かしい温もり、匂い。

〝現実〟のものだと思ったら、さらに愛おしい。

「このままずっと、目覚めなかったらどうしようって、毎日不安だった……」

怜央くん……。

「よかった……ほんとによかった……怜央くんがここにいる……」

怜央くんが生きててくれた。

それがもう、うれしくてたまらない。

「心菜……？」

きっと、怜央くんには私の言っている意味はわからないんだと思う。それでも、私はこの感情を口にしないではいられなかった。

「ありがとう……怜央くんっ……」

いつの間にか、凪咲ちゃんと大和くんは病室を出ていて。

「俺からも、ありがとう。心菜、大好きだよ」

怜央くんは、私のそんな言葉をまっすぐ受け止めてくれた。

「私もだよ、怜央くん……」

私たちは見つめ合い、そっと、唇を重ねた。


「お邪魔しますっ……」

それから一ヶ月後。

今日は退院してから初めてのデート。

どこかへ出かけるより、家でゆっくりしようということになって、怜央くんの家に呼ばれたのだ。

いいよって言ったのに、怜央くんはわざわざうちまで迎えに来てくれた。

往復させちゃって申し訳ないのに、それすら楽しいと言ってくれた怜央くんに、また私は好きが大きくなる。

怜央くんの家は、閑静な住宅街の中にあった。

「そんな緊張すんなって」

ガチガチになっている私を怜央くんが笑う。

「そ、そりゃ緊張するって……！」

だって、彼氏の家なんて……。

凪咲ちゃんからはいよいよだね〜なんてニヤニヤしながら言われたし、私だってそれなりにいろいろと心の準備はしてきたつもり。

何があっても、大好きな怜央くんだから大丈夫。

「だよな、やっとふたりきりになれたんだもんな」

艶っぽい瞳で見つめ、私の髪をすくい上げる怜央くん。

——ドクンッ。

「って言いたいとこだけど、さすがに退院したばっかの心菜に手を出すとか、しないから安心して」

ポンと頭の上に優しく手を置かれ、怜央くんは階段を上っていった。

うわぁぁぁ……びっくりした。

でも、ちょっと残念だったりして。

焦らなくてもいいよね。

まだまだこの先時間はたくさんあるんだから。

怜央くんとはゆっくり愛を深めていけたらいいな。

私も続いて階段を上ると、すぐそこが怜央くんの部屋だった。

「じゃあ、飲み物とか取ってくるから待ってて」

「うん！」

残された私は、部屋の中をぐるりと見渡す。

ベッドと勉強机に本棚に、備えつけのクローゼット。

余計なものはなくこざっぱりしていて、まさに想像どおりの部屋。

サッカー関連の雑誌が、本棚にはたくさん並んでいる。

あまりに怜央くんのイメージどおりな部屋に笑みをこぼしていると、本棚の上に飾られた写真立てを見つけた。

「わあっ、怜央くんだ」

中学生時代かな？

友達数人と写っているもので少し幼さは残るけど、もう十分イケメンができあがっている。

これは中学のときも相当モテたに違いないよね。

あとでいろいろ聞かせてもらおう。

でも、聞いたらへこみそうだからやめたほうがいいかな？

なんて思いながら、隣に写っている男の子に目を向けて。

「……え」

かすれた声が漏れた。

「な、んで……」

怜央くんの隣に写っていたのは、私が知っている人だったから。

思わずその写真立てを手に取る。

「どうして……」

そこに写っていたのは、〝彼〟だった。

私に、やり直しの世界に行った意味を教えてくれた──彼。

「……それ、俺の親友なんだ……」

背後から声が聞こえてきてビクッと肩が上がる。

いつの間にか怜央くんが戻ってきていた。

「親友……？」

「中学二年のときに亡くなった俺の幼なじみ。いつだったか話したよな」

「っ……」

どういうこと？

彼が、亡くなった怜央くんの幼なじみ……？

私が出会った彼は、もうこの世にいない人だったの？

「翼《つばさ》、っていうんだ」

『絶対に相馬怜央を死なせるなよ』

あのときは、彼がなぜ怜央くんを守ろうとするのかまったくわからなかったけど。

そうか、そういうことか……。
怜央くんの親友だったから……。
彼……翼くんが、怜央くんを守ってくれたんだ。
その助言で、私は過去を変え、この未来を創ることができたんだ。
「……っ」
涙が止まらない。
「なんで心菜が泣くんだよー」
そんな私を、怜央くんは背後から抱きしめてくれる。
だって……。
私は翼くんにどれだけ助けられただろう。
今の私と怜央くんがあるのは、翼くんのおかげなんだから。
翼くんに出会ってなければ、同じことを繰り返すところだった。
写真の中の彼は、笑っていた。
私が見た、二度目の笑顔。
それは、「よくやったな」って言ってくれているような気がして。
翼くん、ありがとう……。
私は何度も心の中で、ありがとうを繰り返す。

『相馬怜央が戻ったら……そのときに教えてあげるよ』

あれは、こういう意味だったんだね。

「怜央くん」

「ん？　何？」

「少し長くなるけど、聞いてくれる？」

私が体験した、不思議な話を。

怜央くんにも、聞いてほしいから。ううん、聞かせてあげたいから……。

「うん、なんでも聞くよ」

怜央くんは、その内容にかなり驚いていたけど。

ウソだなんていっさい言わず、真剣に聞いてくれた。

「翼、元気にしてた？　俺も会いたかったな」

なんて言って微笑む怜央くんの目には、うっすらと涙。

きっと、大切な存在だったんだろうな……。

間違った過去をやり直して、新たに手に入れた未来《いま》。

誰にも予測できない、私たちの未来。

この続きは、私と怜央くんが自分たちの手で創り上げていくんだ。

「怜央くん、ずっとずっと、一緒にいようね」

何があっても、怜央くんだけはもう手放したくない。

絶対に手放さない。

「ああ……ずっと大切にするよ」

自然と近づいてくる影に、そっと目を閉じて。

私たちは、優しいキスを交わした。

書き下ろし番外編

守りたい笑顔

【怜央side】

――キィィィィーーーーッ……。

今でも、あのときのブレーキ音を思い出すと鳥肌が立ってしまう。

ひかれる……っ、そう思った瞬間、世界がスローモーションで動いているように見えた。

直後、何かの衝撃を受けて俺の体は突き飛ばされた。けれど、車がぶつかったとかそんな衝撃じゃない。

すぐに鈍い音が響き渡り、倒れ込んだ先で俺が見たものは。

道路に倒れ込んで動かない心菜の姿だった。

「心菜っ！」

バランスを崩しながら這《は》うように彼女に近づき、血で濡れたその体を抱え必死に名前を呼び続けていた。

病院で眠り続ける心菜を前に、俺は何度後悔の念を抱いただろう。

どうしてあのとき、心菜の手を離してしまったのか。

どうしてもっと、まわりを見なかったのか。

俺の軽率な行動のせいで、心菜は……。

あのときに感じた衝撃は、心菜が俺を助けるために体を突き飛ばしたのだとわかり、苦しさで胸がつぶれそうだった。

俺が、こうなればよかったのに……。

「お願いだから、目を開けてくれ……」

毎日毎日、病床の心菜の手を握っては呼びかけていた。

もう、大事な人を失いたくない……。

あんな想いをするのは、一度きりで十分だ……。

中学のときに亡くなった幼なじみ──翼は、幼稚園時代からの付き合いだった。

何をするのもいつも一緒で、サッカーも一緒に始めた。

それでも生まれつき体が弱く、入院しがちだった翼。

サッカーが大好きで、体調のいいときには、一緒にボールを蹴り合い。

他の人よりも少し小さい体で頑張る翼を、俺は尊敬していた。

『翼の分も、サッカー頑張るからな。一生懸命生きるからな』

亡くなる前、翼に誓った言葉を忘れたことはない。

俺は何も知らなかった。

俺と付き合ったことが引き金となった一連の出来事も、それに対して心菜が誰にも言わずに、ひとりでどうにかしようとしていたことも。

……俺と付き合ったことで、心菜自身に嫌がらせが起きていたなんて。

たまに、「オマエの彼女、ひがまれてるぞ」なんて部員たちに言われることがあったが、もし本当にそんなことが起きたら、俺が守ってやるなんて思っていた。

けど、俺は全然気づけていなかった。

自分に余裕がなかったとはいえ、もっと心菜をしっかり見ていればわかったかもしれないのに。

……情けねえよ。

本当にごめん、頼りない男で。

目を覚まさない心菜に向かって、俺は毎日謝り続けていた。

パラレルワールドとか、別の時間軸だとか。

そんなものは信じるタチじゃないが。

心菜が翼と出会って体験したという時間は、不思議とウソには思えず。

俺が死んでしまった世界があったこと。

それを変えるために、心菜が一生懸命頑張ってくれたこと。

〝今俺が生きている〟という証拠があるから、信じることができた。

そんな不思議な世界を怖いなんて思う前に、俺のためにそこまで頑張ってくれた心菜に、もっと好きが溢れた。

どんなにつらい状況でも、大切な人の前では笑顔を絶やさずにいた翼。

翼がそうだったように、俺は心菜の前では笑顔で居続けた。

翼はきっと、そんな俺を見ていてくれたのかな……。


「見て見て！　ほら」

心菜の声に、意識を戻せば。

そこには、ソファに手をついて立ち、満面の笑みで俺を見ている愛娘《まなむすめ》がいた。

あれから十年がたち、俺と心菜は結婚して子どもが生まれた。

八ヶ月になる娘はつかまり立ちがブームらしく、こうやって得意げに振り返って俺を見るのだ。

「おお！　すごいなあ！」

俺は近寄り、そのかわいい頬を撫でた。

ほんのりとミルクの匂いのする彼女は、

「うーあーあー」

拙《つたな》い言葉で、一生懸命何かを伝えてくれようとしている。

そんな姿が愛おしくてたまらない。

俺と心菜の宝物だ。

俺は今、幸せでたまらない。

この幸せがあるのは翼のおかげでもあるんだよな。

ありがとう、翼。

ニコニコ笑っている娘の背中にそっと手を添えながら、そっくりな笑顔で微笑んでいる心菜。

俺は、この笑顔をずっと守っていく。

俺の命をかけて、このふたりを幸せにするんだ。

小さい手を握りしめ、俺はそう誓った。

FIN.

あとがき

このたびは、数ある書籍の中から『どうか、君の笑顔にもう一度逢えますように。』を手に取っていただきありがとうございます。作者のゆいっとです。

ありがたいことに、野いちご文庫から三冊目の書籍化となります。これもひとえに、日ごろから私の作品を応援してくださる皆さまのおかげです。いつも本当に、ありがとうございます。


今回は、過去をやり直して違う未来を手に入れるという、少し不思議なお話になりましたが、いかがだったでしょうか。

現実ではやり直すなんてことはできませんが、そんなチャンスがあるならやり直したいなぁと思う過去は私にもあります。でも、できないからこそ日々を大切に生きていかないと……と思うのですが。

主人公がWEB小説を書く過程は、私自身を投影しているようで、とても楽しかったです。私もああやって、妄想しながら書いています。実際は、書いたことが現実になるなんて夢みたいなことはないですが（笑）。

この作品を書いたきっかけですが。当時、甘々な学園ものを書いていたんですが、なかなか進まずどうしようかと思っていた時に、『不思議切ない系』というワードが生まれ、一気に構想が立ち、二ヶ月ちょっとで書き上げることができました。それは早いんです、私にしては。普段は構想〜執筆終了まで半年くらいかかるので。

その間、学園ものは手つかずでしたが、その後は不思議とはかどり、結果オーライでした。お話を書き始めて十年たちますが、いつも一筋縄ではいかず、こんなふうに脱線しながら物語を綴《つづ》っています。

最後になりましたが、素敵でかわいすぎるカバーや口絵を描いてくださいました加々見絵里さま。本当にありがとうございました。また、本作品へ心を震わすような熱い感想をいただき、感激いたしました。この場を借りてお礼申し上げます。

そして、今この本を手に取ってくださっているあなたへ最大級の感謝を。

この作品に出会ってくださり、本当にありがとうございました。

二〇一九年九月二十五日　ゆいっと

ゆいっと

栃木県在住。自分の読みたいお話を書くのがモットー。愛猫とたわむれることが日々のいやし。『恋結び～キミのいる世界に生まれて～』が第8回日本ケータイ小説大賞特別賞を受賞し、書籍デビュー。その後、『恋色ダイヤモンド～エースの落とした涙～』、『いつか、このどうしようもない想いが消えるまで』など多数。最新刊は『至上最強の総長は私を愛しすぎている』（全3巻）（すべてスターツ出版刊）。現在は、ケータイ小説サイト「野いちご」にて活動中。

加々見絵里（かがみ えり）

漫画家&イラストレーター。野いちごの装画のほか、集英社オレンジ文庫『千早あやかし派遣會社』シリーズの装画・コミカライズを担当。ほかにも、角川つばさ文庫『スイッチ!』シリーズ、富士見L文庫『寺嫁さんのおもてなし』シリーズなど、幅広く活動中。ゲームと鳥グッズを集めるのが趣味で、雑貨屋めぐりが好き。

ゆいっと先生への
ファンレター宛先

〒104-0031　東京都中央区京橋1-3-1　八重洲口大栄ビル7F
スターツ出版（株）　書籍編集部気付　ゆいっと先生

この物語はフィクションです。
実在の人物、団体等とは一切関係がありません。

どうか、君の笑顔にもう一度逢えますように。

2019年9月25日　初版第1刷発行

著　者　ゆいっと　

発行人　菊地修一

イラスト　加々見絵理

デザイン　齋藤知恵子

DTP　株式会社 光邦

編集　相川有希子　酒井久美子

発行所　スターツ出版株式会社
〒104-0031
東京都中央区京橋1-3-1 八重洲口大栄ビル7F
出版マーケティンググループTEL 03-6202-0386（ご注文等に関するお問い合わせ）
https://starts-pub.jp/

印刷所　株式会社 光邦
Printed in Japan

ISBN 978-4-8137-0765-3 C0193

恋するキミのそばに。

野いちご文庫人気の既刊！

幼なじみとナイショの恋。

ひなたさくら・著

母親から、幼なじみ・悠斗との接触を禁じられている高1の結衣。それでも彼を一途に想う結衣は、幼い頃に悠斗と交わした『秘密の関係』を守り続けていた。そんな中、2人の関係を脅かす出来事が起こり…。恋や家庭の事情、迷いながらも懸命に立ち向かっていく2人の、とびきり切ない恋物語。

ISBN978-4-8137-0748-6　定価：本体620円+税

ずっと恋していたいから、幼なじみのままでいて。

岩長咲耶《いわながさくや》・著

内気で引っ込み思案な瑞樹は、文武両道でイケメンの幼なじみ・雄太にずっと恋してる。周りからは両思いに見られているふたりだけど、瑞樹は今の関係を壊したくなくて雄太からの告白を断ってしまって…。ピュアで一途な瑞樹とまっすぐな想いを寄せる雄太。ふたりの臆病な恋の行方は――？

ISBN978-4-8137-0728-8　定価：本体590円+税

早く気づけよ、好きだって。

miNato《ミナト》・著

入学式のある出会いによって、桃と春はしだいに惹かれてあう。誰にも心を開かず、サッカーからも遠ざかり、親友との関係に苦悩する春を、助けようとする桃。そんな中、桃はイケメン幼なじみの蓮から想いを打ち明けられ…。不器用なふたりと仲間が織りなすハートウォーミングストーリー。

ISBN978-4-8137-0710-3　定価：本体600円+税

大好きなきみと、初恋をもう一度。

星咲《ほしざき》りら・著

ある出来事から同級生の絢斗に惹かれはじめた菜々花。勢いで告白すると、すんなりOKされてふたりはカップルに。初めてのデート、そして初めての……ドキドキが止まらない日々のなか、突然絢斗から別れを切り出される。それには理由があるようで…。ふたりのピュアな想いに泣きキュン！

ISBN978-4-8137-0687-8　定価：本体570円+税

書店店頭にご希望の本がない場合は、書店にてご注文いただけます。

恋するキミのそばに。

野いちご文庫人気の既刊！

今日、キミに告白します

高２の心結が毎朝決まった時間の電車に乗る理由は、同じクラスの完璧男子・凪くん。ある日体育で倒れてしまい、凪くんに助けられた心結。意識がはっきりしない中、「好きだよ」と囁かれた気がして…。ほか、大好きな人と両想いになるまでを描いた、全７話の甘キュン短編アンソロジー。

ISBN978-4-8137-0688-5　定価：本体620円＋税

放課後、キミとふたりきり。

夏木《なつき》エル・著

明日、矢野くんが転校する――。千奈は絵を描くのが好きな内気な女の子。コワモテだけど自分の意見をはっきり伝える矢野くんにひそかな憧れを抱いている。その彼が転校してしまうと知った千奈とクラスメイトは、お別れパーティーを計画して……。不器用なふたりが紡ぎだす胸キュンストーリー。

ISBN978-4-8137-0668-7　定価：本体590円＋税

お前が好きって、わかってる？

柊《ひいらぎ》さえり・著

洋菓子店の娘・陽鞠は、両親を亡くしたショックで、高校生になった今もケーキの味がわからないまま。だけど、そんな陽鞠を元気づけるため、幼なじみで和菓子店の息子・十夜はケーキを作り続けてくれ…。十夜との甘くて切ない初恋の行方は!?　『一生に一度の恋』小説コンテストの優秀賞作品！

ISBN978-4-8137-0667-0　定価：本体600円＋税

あの時からずっと、君は俺の好きな人。

湊《みなと》 祥《しょう》・著

高校生の藍は、6年前の新幹線事故で両親を亡くしてから何事にも無気力になっていたが、ある日、水泳大会の係をクラスの人気者・蒼太と一緒にやることになる。常に明るく何事にも前向きに取り組む蒼太に惹かれ、変わっていく藍。だけど蒼太には悲しく切なく、そして優しい秘密があって――？

ISBN978-4-8137-0649-6　定価：本体590円＋税

書店店頭にご希望の本がない場合は、書店にてご注文いただけます。

恋するキミのそばに。

野いちご文庫人気の既刊！

それでもキミが好きなんだ

SEA《シー》・著

夏葵は中３の夏、両想いだった咲都と想いを伝え合うことなく東京へと引っ越す。ところが、咲都を忘れられず、イジメにも遭っていた夏葵は、３年後に咲都の住む街へ戻る。以前と変わらず接してくれる咲都に心を開けない夏葵。夏葵の心の闇を聞き出せない咲都…。すれ違う２人の恋の結末は!?

ISBN978-4-8137-0632-8　定価：本体600円＋税

初恋のうたを、キミにあげる。

丸井《まるい》とまと・著

少し高い声をからかわれてから、人前で話すことが苦手な星夏は、イケメンの慎と同じ放送委員になってしまう。話をしない星夏を不思議に思う慎だけど、素直な彼女にひかれていく。一方、星夏も優しい慎に心を開いていった。しかし、学校で慎の悪いうわさが流れてしまい…。

ISBN978-4-8137-0616-8　定価：本体590円＋税

キミに届けるよ、初めての好き。

tomo4《トモヨ》・著

高２の紗百は、運動オンチなのに体育祭のリレーメンバーに選ばれてしまう。イケメンで陸上部のエース〝100《ヒャク》mの王子《プリンス》〟と呼ばれる加島くんに言われ、半ば強制的に二人きりで朝練をすることに。不愛想だと思っていた加島くんの、真面目で優しいところを知った紗百の心は高鳴って…。

ISBN978-4-8137-0615-1　定価：本体600円＋税

好きになっちゃダメなのに。

日生春歌《ひなせはるか》・著

引っ込み思案な高校生、明李は、イケメンで人気者だけど、怖くて苦手な速水の失恋現場に遭遇。なぜか彼の恋の相談に乗ることになってしまった。速水は、目立たないけれど自分のために一生懸命になってくれる明李のことがだんだん気になって…。すれ違うふたりの気持ちのゆくえは？

ISBN978-4-8137-0573-4　定価：本体600円＋税

書店店頭にご希望の本がない場合は、書店にてご注文いただけます。

恋するキミのそばに。

野いちご文庫人気の既刊！

君が泣いたら、俺が守ってあげるから。

ゆいっと・著

亡き兄の志望校を受験した美紗は、受験当日に思わず泣いてしまい、見知らぬ生徒にハンカチを借りた。無事入学した高校で、イケメンだけどちょっと不愛想な凜太朗と隣の席になる。いつも美紗に優しくしてくれる彼が、実はあの日にハンカチを貸してくれたとわかるけど、そこには秘密があって…？

ISBN978-4-8137-0572-7　定価：本体610円＋税

あのね、聞いて。「きみが好き」

嶺央《れお》・著

難聴のせいでクラスメイトからのひどい言葉に傷ついてきた美音。転校先でもひとりを選ぶが、桜の下で出会った優しい奏人に少しずつ心を開き次第に惹かれてゆく。思い切って気持ちを伝えるが、受け入れてもらえず落ち込む美音。一方、美音に惹かれていた奏人もまた、秘密をかかえていて…。

ISBN978-4-8137-0593-2　定価：本体620円＋税

おやすみ、先輩。また明日

夏木《なつき》エル・著

杏は、通学電車の中で同じ高校に通う先輩に出会う。金髪にピアス姿のヤンキーだけど、本当は優しい性格に惹かれ始める。けれど、先輩には他校に彼女がいて…。“この気持ちは、心の中にしまっておこう”そう決断した杏は、伝えられない恋心をこめた手作りスイーツを先輩に渡すのだが…。

ISBN978-4-8137-0594-9　定価：本体610円＋税

空色涙

岩長咲耶《いわながさくや》・著

中学時代、大好きだった恋人・大樹を心臓病で亡くした佳那。大樹と佳那はいつも一緒で、結婚の約束までしていた。ひとりぼっちになった佳那は、高校に入ってからも心を閉ざしたまま過ごしていたが、あるとき闇の中で温かい光を見つけ始めて…。前に進む勇気をくれる、絶対号泣の感動ストーリー。

ISBN978-4-8137-0592-5　定価：本体600円＋税

書店店頭にご希望の本がない場合は、書店にてご注文いただけます。

恋するキミのそばに。

野いちご文庫人気の既刊！

予言写真

西《にし》羽《わ》咲《ざき》花《か》月《つき》・著

高校入学を祝うため、梢は幼なじみ５人と地元の丘で写真撮影をする。その後、梢たちは１人の仲間の死をきっかけに、丘での写真が死を予言していること、撮影場所の丘に隠された秘密を突き止める。だけど、その間にも仲間たちは命を落としていき…。写真の異変や仲間の死は、呪い!?　それとも…!?

ISBN978-4-8137-0766-0　定価：本体590円＋税

死んでも絶対、許さない

いぬじゅん・著

いじめられっ子の知絵の唯一の友達、葉月が自殺した。数日後、葉月から届いた手紙には、黒板に名前を書けば、呪い殺してくれると書いてあった。知絵は葉月の力を借りて、自分をイジメた人間に復讐していく。次々に苦しんで死んでいく同級生たち。そして最後に残ったのは、意外な人物で…。

ISBN978-4-8137-0729-5　定価：本体560円＋税

あなたの命、課金しますか？

さいマサ・著

容姿にコンプレックスを抱く中３の渚は、寿命と引き換えに願いが叶うアプリを見つける。クラスカーストでトップになるという野望を持つ彼女は、次々に「課金」ならぬ「課命」をして美人になるけど、気づけば寿命が少なくなっていて…。欲にまみれた渚を待ち受けるのは恐怖!?　それとも…？

ISBN978-4-8137-0711-0　定価：本体600円＋税

恐愛同級生

なぁな・著

高二の莉乃はある日、人気者の同級生・三浦に告白され、連絡先を交換する。でも、それから送り主不明の嫌がらせのメッセージが送られてくるように。おびえる莉乃は三浦を疑うけれど、彼氏や親友の裏の顔も明らかになり始めて…。予想を裏切る衝撃の展開の連続に、最後まで恐怖が止まらない!!

ISBN978-4-8137-0666-3　定価：本体600円＋税

書店店頭にご希望の本がない場合は、書店にてご注文いただけます。

恋するキミのそばに。

♥野いちご文庫人気の既刊！♥

秘密暴露アプリ

西《にし》羽《わ》咲《ざき》花《か》月《つき》・著

高3の可奈たちのケータイに、突然「あるアプリ」がインストールされた。アプリ内でクラスメートの秘密を暴露すると、ブランド品や恋人が手に入るという。最初は誰もがバカにしていたのに、アプリが本物だとわかった瞬間、秘密の暴露がはじまり、クラスは裏切りや嫉妬に包まれていくのだった…。

ISBN978-4-8137-0648-9　定価：本体600円＋税

女トモダチ

なぁな・著

真子と同じ高校に通う親友・セイラは、性格もよくて美人だけど、男好きなど悪い噂も絶えなかった。何かと比較される真子は彼女に憎しみを抱くようになり、クラスの女子たちとセイラをイジメるが…。明らかになるセイラの正体、嫉妬や憎しみ、ホラーより怖い女の世界に潜むドロドロの結末は!?

ISBN978-4-8137-0631-1　定価：本体600円＋税

カ・ン・シ・カメラ

西《にし》羽《わ》咲《ざき》花《か》月《つき》・著

彼氏の楓が大好きすぎる高3の純白。だけど、楓はシスコンで、妹の存在は純白をイラつかせていた。自分だけを見てほしい。楓をもっと知りたい。そんな思いがエスカレートして、純白は楓の家に隠しカメラをセットする。そこに映っていたのは、楓に殺されていく少女たちだった。そして混乱する純白の前に……。

ISBN978-4-8137-0591-8　定価：本体640円＋税

わたしはみんなに殺された

夜《や》霧《ぎり》美《み》彩《あや》・著

明美は仲間たちと同じクラスの詩野をいじめていたが、ある日、詩野が自殺する。そしてその晩、明美たちは不気味な霊がさまよう校舎に閉じ込められてしまう。パニックに陥りながらも逃げ惑う明美たちの前に詩野が現れ、「これは復讐」と宣言。悲しみの呪いから逃げることはできるのか!?

ISBN978-4-8137-0575-8　定価：本体600円＋税

書店店頭にご希望の本がない場合は、書店にてご注文いただけます。

ゆいっと「DARK NIGHTシリーズ」

◆ケータイ小説文庫の人気作◆

至上最強の総長は私を愛しすぎている。①～DARK NIGHT～

ゆいっと・著

高校生の優月《ゆづき》は幼い頃に両親を亡くし、児童養護施設「双葉園」で暮らしていた。ある日、かつての親友からの命令で盗みを働くことになってしまった優月。警察につかまりそうになったところに現れたのは、なんと最強暴走族『灰雅《はいが》』のメンバーで…？　人気作家の族ラブ・第1弾！

ISBN978-4-8137-0707-3　定価：本体580円＋税

至上最強の総長は私を愛しすぎている。②～DARK NIGHT～

ゆいっと・著

最強暴走族『灰雅』総長・凌牙の彼女になった優月は、クールな凌牙の甘い一面にドキドキする毎日。灰雅のメンバーとも打ち解けて、楽しい日々を過ごしていた。そんな中、凌牙と和希に関する哀しい秘密が明らかに。さらに、自分の姉も何か知っているようで…。PV１億超の人気作・第２弾！

ISBN978-4-8137-0724-0　定価：本体580円＋税

至上最強の総長は私を愛しすぎている。③～DARK NIGHT～

ゆいっと・著

事件に巻き込まれ傷を負った優月は、病院のベッドで目を覚ます。試練を乗り越えながら最強暴走族『灰雅』総長・凌牙との絆を確かめ合っていくけれど、衝撃の真実が次々と優月を襲って…。書き下ろし番外編も収録の最終巻は、怒涛の展開とドキドキの連続！ PV１億超の人気作がついに完結。

ISBN978-4-8137-0743-1　定価：本体580円＋税

書店店頭にご希望の本がない場合は、書店にてご注文いただけます。